TRUMAN CAPOTE

别的声音，别的房间

[美] 杜鲁门·卡波特 著
卢肖慧 译

北京出版集团
北京十月文艺出版社

新经典文化股份有限公司
www.readinglife.com
出　品

人心比万物都诡诈，

坏到极处，

谁能识透呢？

——《耶利米书》第十七章第九节

献给牛顿·阿尔文

第一部

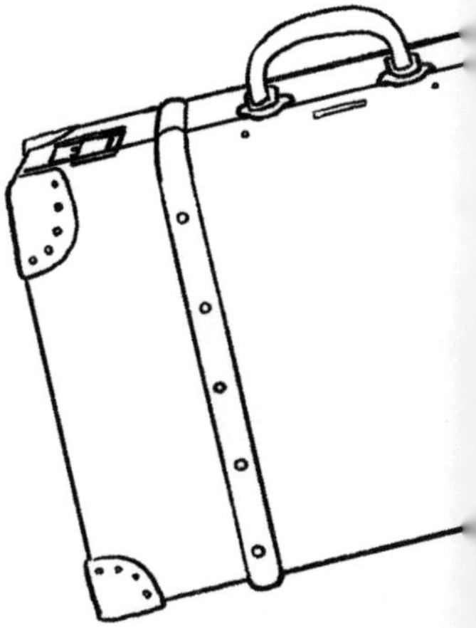

1

眼下，旅人要往正午城去，他就非得设法找一个最好的走法不可，因为公共汽车或火车都不往那方向去，好在一个礼拜里有六天，桥百瑞松脂公司有一辆卡车会去邻近的天国教堂镇取邮件、提货：要去正午城的人偶尔可让卡车司机萨姆·拉德克利夫捎他一程。不管你怎么去，反正这一程是够人消受的：哪怕崭新的车，开在这搓板路上，不用多久也会散架；而搭车人总觉得脚下这路实在差劲透顶。再说，这是一处寂寥的乡间：这里沼泽般的低洼里，卷丹百合开得有人头大；湿地的黑水下，一截截幽绿的原木暗光浮动，如溺水的死尸。通常，旷野上唯一的动静就数冬日炊烟从破落相的农舍烟囱里飘出，或一只翅羽横张的鸟，不鸣不叫，目光犀利，在渺无人迹的黑色松林上空盘旋。

穿越这片荒寂之地进入正午城的路有两条：一条自北，一条自南。后面那条，大家称之为天国教堂公路，是路况相对好些的一条，不过两条也差不了多少：沿途尽是数英里荒芜的沼泽、野地和森林，连绵不断，只有零星的广告牌间或出现：红点五美分雪茄，胡椒博士汽水，尼海汽水，葛罗夫冰凉奎宁水，六六六百灵药。木桥跨越以早已绝迹的印第安部族命名的咸水溪，车轮碾过，便发出天边沉雷般的隆隆声；成群的猪、牛漫步在道路上；农家时不时会停下手中活儿，朝呲呲驶过的车辆挥手，戚戚然望着它消失在红尘里。

六月初一个炙热的日子，松脂公司卡车司机萨姆·拉德克利夫，一个谢顶的六英尺大汉，长着一张粗犷的脸庞，正在天国教堂镇的晨星餐馆咕咚咕咚往肚里灌啤酒，这时餐馆老板揽着个陌生男孩的肩，走上前来。

“好啊，萨姆，”老板说，他名叫西德尼·卡兹，“这儿有个孩子，倘若你能捎他去正午城，那就再好不过了。从昨天就等着去那里。觉得你能帮一把吗？”

拉德克利夫目光越过啤酒杯沿口，上下打量这孩子，孩子的模样并不太顺他眼。他对“真正的”男孩应该长什么模样自有一套看法，而这男孩多少有悖他的那些看法。他太漂亮，太秀气，太白嫩；他的五官生得细致精巧，一双棕色大眼睛中流转着一种女孩般的轻柔。他的头发剪得短短的，棕色里夹着一缕缕纯黄。他清瘦的脸上蒙着一层疲倦的、哀求的神情，肩膀老气横秋地垂着。他穿着一条皱巴巴的白亚麻长马裤，一件松垮垮的蓝衬衫，喉咙处的扣子没系，以及一双磨损得相当厉害的褐色皮鞋。

拉德克利夫抹了一把上唇的啤酒沫，说：“你叫啥名儿，孩子？”

“乔尔。乔、尔，哈、里、森，诺克斯。”他将音节一个一个分开地说出来，好像他觉得司机是个聋子，不过他的声音倒是异常轻柔。

“是不是？”拉德克利夫拖腔拉调地说，将喝干的啤酒杯往柜台上一搁。“了不得的名字啊，妙啊，诺克斯先生。”

孩子红了脸，目光朝老板投去，老板马上就打断道：“这可是个好孩子，萨姆。脑筋又快又灵光。认识你我从没听说过的字儿呢。”

拉德克利夫不爽了。“喂，卡兹，”他命令道，“满上。”老板慢吞吞地去端第二杯啤酒时，萨姆好声好气地说：“不是故意开你玩笑的，孩子。你打哪儿来？”

“新奥尔良，”孩子说，“我礼拜四离开那儿，礼拜五到这儿……我没法往下再走了，没人来接我。”

“噢，是吗，”拉德克利夫说，“去正午城看父母？”

孩子点点头：“是我父亲。我要去和他一起过。”

拉德克利夫朝天花板翻着眼珠，嘀咕了好几遍“诺克斯”，然后摇摇头，一副被难倒的样子。“不，我不知道有谁姓这姓。你肯定没走错地方？”

“噢，不会错，”孩子说得从容镇定，“问卡兹先生，他听说过我父亲，我还给他看过我父亲的来信，还有……等一下。”他飞快地穿过幽暗餐馆里的一张张饭桌，拖着一口巨大的铁皮行李箱回来了，从他拧着脸的模样来判断，箱子一定极重。箱外花花绿绿贴了许多来自世界各地的纪念贴纸，但都已褪了色：巴黎、开罗、威尼斯、维也纳、那不勒斯、汉堡、孟买，等等等等。居然在一个大热天，在天国教堂这么一个小镇上，见识到这玩意儿，也是够怪的。

“这些地方你都去过？”拉德克利夫问。

“没——有——，”男孩说，一边费劲地解着磨旧的束箱皮带。“箱子是我爷爷，也就是诺克斯少校的：我想，你在历史书上读到过他的。他是内战时期的名人。反正，这是他蜜月旅行周游世界的时候用的手提箱。”

“周游世界，你说？”拉德克利夫感叹道，“准是个了不得的阔佬。”

“噢，很早以前的事了。”男孩在整理得有条不紊的物品里一通乱翻，直到翻出一小包信件。“在这里。”他说着，抽出一个水绿色信封来。

拉德克利夫用手指将那信摩挲片刻，才以一种笨拙的小心启开信封，抽出一页细薄如纸巾的信纸，翕动嘴唇，读道：

爱德华 · R. 桑瑟姆先生

斯骷利庄园

19× × 年 5 月 18 日

我亲爱的埃伦·肯德尔：

您回函之迅速，我甚是感激——事实上，您是即刻回复我的。的确，十二年之后又收到我的音信，一定相当怪异，但我可以使您相信，我如此长久之沉默是有足够理由的。然而，在我们订阅的《皮卡优恩时报》周日版上获悉我前妻离世——愿万能的上帝保佑她善良的灵魂安息——我立刻意识到唯有再次负起为父的责任方为正举；唉，那些年不得已而未能尽责。现任桑瑟姆夫人与我本人欣然(不，欣喜若狂！)得知您能应允我们的愿请，尽管正如您所说，这样做会使您心碎。唉，如此忍痛割爱之举会带来的悲伤，我是完全感同身受的，因为我也曾体验过相似的情感，最后那次可怕事件后，我被迫离开我唯一的孩子、我的宝贝；那时他还只是个小婴儿。不过那都是旧事了。请放心，仁慈的夫人，在这庄园里，我们有美丽的家宅、健康的食物和充满文化修养的环境，这是我们能提供给我儿子的。

至于行程，我们热切盼望乔尔在六月一日之前到达此地。他应当坐火车从新奥尔良启程去比洛克西城，在那里下车，并买一张巴士票去天国教堂镇，再往北二十英里便是正午城了。我们眼下不备机动车，因此我建议他在天国教堂镇的晨星餐馆楼上的客舍留宿，等待安排妥当。随信附支票一张，应付一切行程支出。

尊敬您的

爱德华·R. 桑瑟姆

就在拉德克利夫大惑不解地蹙眉叹气、将笺纸插回信封的当儿，老板端着啤酒过来了。信中有两件事教拉德克利夫心里不畅快：首先，是那手字迹，用的是干血般的铁锈红墨水，满篇袅娜的花体字，到处是勾得精巧的字母 i，和 i 字上面画成个圆圈的更精巧的那一点，哪个见鬼的大男人会这么写字？其次，“要是你爸姓桑瑟姆，你干吗管你自己叫诺克斯？”

男孩窘迫地盯着地板。“嗯，”他说，朝拉德克利夫飞快睃去责备的一眼，就好像司机正在抢他什么东西，“他们离婚了，母亲一直叫我乔尔·诺克斯。”

“噢，嘿，孩子，”拉德克利夫说，“你不该由着她那么干！记住，你爸就是你爸，不管怎么讲。”

孩子朝老板的方向投去迫切的一瞥，以示求救，不过老板却避开，扭头去招呼另一位客人了。“可我从没见过他，”乔尔说，将信札放回箱子，扣上皮带，“你知道这地方在哪里吗？斯骷利庄园？”

“庄园？”拉德克利夫说，“当然，当然那地方的事儿我全都知道。”他咽下一大口啤酒，打出一个冲天大嗝，咧了咧嘴。“是的您哪，我要是你爸的话，我就扯下你那马裤，好好收拾你一顿。”接着，喝空啤酒杯，啪地将一个五十美分硬币拍在柜台上，若有所思地站起身，摩挲着胡子拉碴的下巴，直到墙上一面挂钟敲响四点之声。“得，孩子，我们上路。”他说着，快步走向门口。

迟疑片刻，孩子拎起箱子跟了上去。

“回头再来啊。”老板不假思索地喊道。

那卡车是一辆福特皮卡。车内一股被太阳晒热的皮革和汽油尾烟混杂的强烈气味。坏了的车速仪指示着一个不再跳动的二十。一挂挂雨痕和压扁的虫子模糊了挡风玻璃——有一块已碎裂成四射的星状。变速杆上装饰着一个玩具骷髅。车轱辘在坑坑洼洼、曲曲折折的天国教堂公路上一颠一颠地滚动。

乔尔蜷缩在车座一角，胳膊支在车窗窗框上，单手托住下巴，硬撑着不瞌睡。自从离开新奥尔良，他就没正经歇过一小时，因为他一闭上眼睛，就像现在，某些揪心的记忆就袭上心头。其中有一段尤其突出：他在一家杂货铺柜台前，母亲等在他身旁，外面的街上，一月的雨在赤条条的树枝上结出冰柱。他们一起离开店铺，在湿漉漉的街上沉默地走着，他撑起一把平织布伞替母亲挡雨，母亲则提着一大袋橘子。他们经过一栋房子，里面钢琴响奏，在阴灰的下午听来尤其伤感，可母亲却说那曲子真美呀。他们回家后，她就哼着那支曲子，然而她感觉冷，便躺下了，接着来了医生，之后一个多月他天天都来，可她还是一直感觉冷，埃伦姨妈也在，总是浅笑着，还有医生，也总是浅笑着，没动过的橘子终于在冰柜里皱缩起来；事情过去之后，他就跟着埃伦住进了庞恰特雷恩湖边一栋昏暗的两户式房子[①]。

埃伦是一位相当温和的好心太太，凡事都尽心尽

① two-family house，一种廉价住宅，可住两户。

职。她有五个学龄孩子，丈夫在一家鞋铺子里收银，因此手上并不宽绰；不过乔尔并不靠他们供养，他母亲给他留下了一笔小小的遗产。埃伦一家待他不错，可他还是怨恨他们，经常克制不住地干一些令人讨厌的事，诸如嘲弄表姐，一个长相愚钝、名叫露易丝的女孩子，因为她有点耳聋：他会用手罩住自己的耳朵，大喊“什么啊？什么啊？”，直到她哭出来才罢休。他不跟他们说笑，也不参与每天晚饭之后姨夫发起的气氛活跃的游戏，一旦谁口误犯了语病，他就揪住不放，并且从中获得一种异样的乐趣，可为什么会这样，他想不通，肯德尔一家同样想不通。就好像那几个月里，他一直戴着一副开裂的绿镜片眼镜，耳朵里堵了两团蜡，因为事事全走了样，日子一天天都融化在一场连绵长梦里了。埃伦喜欢在送孩子们上楼就寝前给他们念沃尔特·司各特爵士、狄更斯和汉斯·安徒生，一个阴冷的三月之夜，她读了《冰雪女王》。听着听着，乔尔蓦地意识到他和小男孩凯伊有太多相似的地方了，当妖精的一片魔镜碎片刺伤了凯伊的眼睛之后，他所看见的景象就被扭曲了，他的心就变成了一坨冷酷的冰：假如，他一边听着埃伦轻柔的嗓音，望着表亲们被炉火映红了的脸，一边想，假如就像小男孩凯伊，他也被拐去冰雪女王的冰宫了呢？又有谁会勇斗强盗男爵，来救他一命呢？没一个人，真的没一个人。

收到来信之前的最后几个礼拜，五天课他逃了三天，去运河街的码头上浪荡。他已经养成习惯，和一个大块头黑人装卸工一同分吃埃伦替他预备的午餐盒饭；他们聊天时，那装卸工海阔天空地讲起海上生活的种种奇事，尽管乔尔一听就知道那是胡编，但这人是个大人，而他突然间只想与大人做朋友。他还独自一人长时间凝望驶往中美洲的香蕉船装货卸货，心里自然是盘算着如何藏身船舱、远走高飞，因为他觉得自己毫无疑问能在某个陌生城市找到一份钱多的活儿。可说来也巧，就在他十三岁生日那天，斯骷利庄园的第一封来信抵达了。

埃伦过了好些天才把这封信给他看。她这种做法真叫古怪，而且一旦他们目光交汇，她眼睛里总会有一种他以前从未见过的东西：一种骇然、愧疚之情。她在回函中要求对方确保，倘若乔尔觉得不满意，他能被立即应允返回；保证他能上学受教育；承诺他能与她一起过圣诞假期。不过，相当长一阵的信函往来之后，当诺克斯少校的蜜月旅行旧提箱被从阁楼上拖下来时，乔尔能感觉到她是多么如释重负。

他很乐意离开。他既想不出什么道理，也懒得去多想，他父亲十二年前莫名其妙地离开，现在多少又是那样不可思议地出现，根本没让他觉得太异乎寻常，因为他从来没指望过他重新出现。而他所设想的奇迹，就好比有一位富有的慈祥老太太在街角瞥见了他，便立即把一个塞满千元大钞的信封派送至他手上；或者诸如此类出自哪位好心陌生人的神圣之举。结果呢，这位陌生人就是他父亲，这在他心里不过是一种好运临头罢了。

但后来，当他躺在晨星餐馆楼上油漆剥落的铁床上时，因为闷热、失落、绝望而昏头昏脑，他父亲和他的处境便以另一幅不同的图景自作主张地表现出来了：他不知道会发生什么，而且他害怕，因为已经遭遇过这么多的失望了。先是一顶刚在新奥尔良买的巴拿马帽，戴着分外神气，却在比洛克西城火车站叫人偷了；接着，去天国教堂镇的巴士又延误了三小时，火辣辣、汗涔涔的三小时；最后，也就是最令人失望的，到了餐馆，并不见斯骷利庄园给他留了话。整个礼拜四夜晚，他让电灯在陌生的房间里亮着，读一份电影杂志，读到把好莱坞影星们的最新动态记得烂熟，因为一旦他把心思转向自己，哪怕一秒钟，他都会开始发抖，会管不住不争气的眼泪。黎明将至，他拿起杂志，将它撕成碎条，就着一个烟灰缸一条一条地烧掉，直到该下楼的时间到了。

“手伸到后头给我把火柴拿来，好吗孩子？”拉德克利夫说，“后头架子上，看见了没？”

乔尔睁开眼睛茫然地朝周围看了一眼。一滴滚圆的汗珠子停在他鼻尖上。“你实在是有许多破烂。”他说着，翻探着架子，上面杂乱地堆着泛黄的报纸、一个割破的内胎、油腻的工具、一个打气筒、一柄手电和……一把手枪。手枪边上敞着一个装弹药的纸盒，子弹泛着崭新一美分硬币般锃亮的铜制光泽。他动了心，想抓一大把，但最终只机灵地往胸袋里丢了一颗。“这儿呢。”

拉德克利夫唇间夹上一根烟，而乔尔不等他开口，就替他划上火柴。

“谢啦。”拉德克利夫说，鼻孔里喷出大团烟雾来。“嘿，以前来过这里没？”

“谈不上来过，不过我母亲带我去过一回格尔夫波特，那里有海所以挺好的。昨天我们也坐火车路过了那里。”

“喜不喜欢这里？”

从司机的口气里乔尔咀嚼出一种不对劲儿来。他仔细观察着司机没有表情的侧脸，暗想他的偷窃举动是否可能被发觉了。如果真是那样，拉德克利夫倒是不动声色。“这个，那是……你瞧，不一样的。”

“当然我是看不出有什么不一样的。在这一带住了一辈子，我看它就和其他地方一个样，哈哈！”

卡车突然驶上一条硬面宽道，路边没有树荫，但左侧远处有一片黑色松树，树影给广袤的田野滚了一道深色裙边。远远地见一人影，是男是女辨不清，正扶锄朝这边招手，乔尔也向那人招招手。再往前开，两个浅色头发的男孩跨着一头皮包骨的骡子，卡车开过去时，他们便欢快地大叫大嚷，随即被那一幕扬尘埋没。一群肥猪不紧不慢地离开公路，拉德克利夫朝它们一个劲儿按喇叭。乔尔还从未领教过有谁像他这样骂脏话的，也许除了码头上那个黑人装卸工吧。

过了一阵，蹙眉思索的乔尔说："我想问你些事，行吗？"他等着，直到拉德克利夫点头同意。"嗯，我想问的是，你认识我的……桑瑟姆先生吗？"

"嗯，我知道他是谁，当然喽，"拉德克利夫说着，拿一块脏手帕揩了揩前额，"你又是桑瑟姆又是诺克斯的，都把我搞晕了。噢当然，娶了艾米·斯骷利的就是他嘛。"他打住话头，顿了顿，又加了一句："不过说实在的，我从没亲眼见过他。"

乔尔咬住嘴唇，一时沉默。这些问题让他抓狂，他太想知道答案了，但一想到要开口问，他就觉得难堪，因为对自己的血亲一无所知，脸上似乎很挂不住。于是，他以一种相当无礼的口气说出了想问的话："这斯骷利庄园是怎么回事？我是说，都谁住那里？"

拉德克利夫眯起眼睛想了想。"这个嘛，"最后他开了口，"他们那儿有两三个黑鬼，我都认识。还有你爸爸的太太，我也认识她：我老妈时不时替她做衣裳来着。以前是这样，反正。"他吸了一口烟，将烟屁股扔出车窗，

“还有个堂弟……没错，老天，那堂弟！”

“是吗？”乔尔若无其事地说，尽管所有来信里都未曾提及这么一个人，他的目光央求司机往细里说。但拉德克利夫只是古怪一笑，就像被一个不可外传的内部笑话逗乐了一般。

而这话题也就到此为止了。

“动作快点，”这时拉德克利夫说，“我们要进城了。”

一栋住宅。一片灰扑扑的黑人小屋。一座不曾上漆的木板教堂，开有三窗格的红宝石色圣像玻璃窗，顶上是戳着避雷针的尖塔。一块标牌：耶稣我主即将降临！你准备好了吗？一个黑人孩子戴了顶大草帽，手里紧拎着一个装有黑莓的提桶。到处是太阳火辣辣的光亮。不一会儿，就到了一条路面没铺过的无名短巷，巷子两边是相似的平房，一些比另一些更有模样；每座平房都有前廊和院子，有些院中凌乱地种了些玫瑰、紫薇、苦楝，苦楝树枝上大都吊了用绳索和旧轮胎做的给孩子玩的秋千。还有暗绿色叶子油光发亮的槐树。他望见一个粉嫩的胖女孩在跳绳，一个上了年岁的妇人窝在垮塌的门廊上，摇着一把蒲扇乘凉。接着，是一座出租车马的红仓房：有马匹、大马车、轻便马车、骡子、人。道上一个急转弯：正午城到了。

拉德克利夫一个急刹把车停下。他伸过手来，将靠乔尔这边的车门推开。“糟的是我没法把你送去庄园，孩子，”他说得挺急，“公司会把我骂个狗血喷头的。不过你准去得成。今天礼拜六，很多住那头的伙计们礼拜六都会进城来。”

于是乔尔一个人站着，他的蓝衬衫被汗弄得湿淋淋的，贴着他后背。他拖着贴满贴纸的手提箱，小心翼翼地开始了他在正午城的初次行走。

正午城没多少可看的。只一条街，街上有一家杂货铺和一家修理铺；一栋小房子，内有两间办公室，一间由一名律师租用，另一间租给了一位医生；一爿理发、美容兼营的店铺，由一个独臂汉和他老婆操持；还有一处说不清名堂的古怪场所，名叫R. V. 莱西王廷，门前的柱廊下立了一个德士古加油泵。这些房子挤作一堆，就像是哪个蠢木匠连夜胡乱拼凑成的一座七倒八歪的宫殿。对面街上，孤零零立着另外两栋建筑：一栋监狱，一栋高高的、摇摇欲坠的姜黄色怪宅。监狱已有超过四年没关过一名白人罪犯，说来，任何模样的罪犯都没怎么关过，毕竟治安官是个无能懒汉，常常抱着一个酒瓶子悠哉游哉，任凭捣乱分子和盗贼——甚至最危险的杀人凶手——无法无天、逍遥作恶。至于那栋奇形怪状的老宅，天知道已有多少年没人住了，据说曾经有优雅的淑女三姐妹在里面被一名刁恶的北方暴匪以令人毛骨悚然的手段强奸、杀戮，暴匪跨一匹银灰骠马，身上披的一领丝绒大氅被南方淑女的血染得鲜红。这段轶事从声称认得那三位美丽遇害者的耄耋老妇口中讲出来，便有了一种哥特式的奇谲之美。住宅的窗玻璃碎裂了，空如失去眼珠的眼窝；朽败的阳台岌岌可危地向外突斜，房子幽秘处藏着向日葵金鸟的窝巢；涂层剥落的外墙上东一块西一块的是被撕裂的、经日晒雨淋褪了色的招贴，风一过，呼啦啦一阵乱飘。城中孩子有谁敢在天黑之后走进这些黑屋子，并且在最上层的某扇窗前划亮火柴发出信号，就表示谁有种。不过此楼门廊倒保持得尚可，每到礼拜六，进城来的农人就聚在此处落脚。

很少有哪个新来的人在正午城或城外附近安家，毕竟这里没什么工作机会。话又说回来，你也很少听说有谁离去，除非他是一路孤行，去往浸礼宗教堂上方的幽冥岩崖，那里无人问津的墓碑如朵朵石花在蒿草丛中闪烁着微光。

当然，礼拜六是个大日子。天刚擦亮，一队骡拉大车、破烂的廉价老旧小汽车、轻便马车便从乡下启程，车轮滚滚往城里进发，到了上午，聚在城中的人数量已相当可观。汉子们穿着他们最体面的衬衫和店铺里购得的马裤；妇人们往自己身上抹了香草香精或十美分铺子的香水，其中最流行的牌子叫作“神圣之爱”；姑娘们在短发上别着小饰物，厚胭脂涂得脸颊通红，捏着五美分一把、绘着漂亮画面的纸扇。小娃儿们，尽管光着脚丫且大多半裸着，倒是洗得干干净净，手里都有大人给的几分钱，可以花在诸如开盒有奖的糖浆爆米花之类的东西上。妇人们兜遍了所有那几爿店铺之后，便趁她们的男人去出租车马行晃悠的当儿，聚在老宅的门廊上了。她们快嘴快舌、迫不及待，同样的话说了一遍又一遍，声音嘤嘤嗡嗡、曲曲弯弯，游走在漫长的一天之中。病痛还有婚礼还有求爱还有葬仪还有上帝是廊上热议的话题。在车马行那头，汉子们插科打诨，喝威士忌，聊庄稼，玩折刀；偶尔也会来几场恶斗，因为他们大多脾气火爆，要是对谁有怨，他们喜欢拔拳泄愤。

当薄暮降临，就如清越的钟声敲响，宣告一天的结束，黯淡的沉寂凝固了一切，叽叽喳喳的嘴如黄昏的鸟雀，静了下来。一户户人家坐着他们的车，一辆接一辆离开小城，就像一行悲哀的葬仪车队，而他们留下的唯一痕迹，便是身后可怕的空寂。正午城中店铺的老板会再撑上一个小时才插上门闩打烊，回家睡觉；过了八点，就见不到一个正派人在城中晃悠了，但也许会有个把可怜的醉鬼，或者一位带着他心爱姑娘闲步的少年情郎。

“嘿，喂！拖提箱的！”

乔尔一个转身，看见一个独臂、罗圈腿的小个男人在理发店门口怒视着他；他病恹恹的，不像是这粗放、浑厚的声音的主人。“过来，孩子。”他命令道，跷起拇指朝自己挂围裙的胸口猛晃。

乔尔走近时，那人伸出一只手，摊开的掌心里有一枚五美分硬币。“看见啦？”他说。乔尔无声地点点头。“得，”那人说，“现在朝路那头瞧。看见那个红头发小丫头了没？”

乔尔自然看见了他所指的人。那是个顶着火红色童花头的女孩。她和他差不多高矮，穿棕色短裤和黄色马球衫。她正在那栋高高的怪楼跟前趾高气扬地走来走去，拇指摁住鼻子，冲理发师挤着邪恶的鬼脸。“听着，”理发师说，“你替我去揪住那臭小鬼的领子，这钢镚就归你。噢噢！留神，她又来了……”

红发女孩像西部印第安人一样嚯嚯吆喝着沿路杀来，后面紧随着一帮嘶嘶叫唤的小喽啰 。她来到乔尔所在位置的对面，扔出一大把石块。石块砸在理发店的铁皮屋顶上，噼噼啪啪一阵狂响，独臂汉气得像要中风一样，咆哮道：“我这就来收拾你，艾达蓓尔！绝对要收拾你，你等着！”他身后格子门里漾出女人的笑声，一个咄咄逼人的女人高喊：“心肝儿，你别丢人现眼啦，快进屋，外头热。”接着这番话显然是冲第三者说的：“要我说呀他也不比那个艾达蓓尔好到哪里去，两个都不带老天给的脑子。糟糕，我跟波特女士说（她一个礼拜前的今天过来洗头，我愿意出一整个美分听听她是怎么把头发搞得那么脏乱的），嘿，我说：‘波特女士，您在学校里是教那个艾达蓓尔的吧。’我说：‘她怎么这么讨人厌？’我说：‘我真是搞不懂，她和她那个招人疼的姐姐——说到馥洛拉蓓尔——她俩双胞胎，一点都不像。’您瞧，波特女士回我说：‘哦，考尔菲尔德女士，那个艾达蓓尔真是给我惹了一大堆麻烦。依我看，她该蹲班房。’啊哈，她就是这么说的。嘿，依我看，这也不是什么新鲜事，我一直就晓得她是个怪胎，没错，女士，从来没见过那个艾达蓓尔·汤普金斯穿过裙子。心肝儿，你快进屋来外头热……”

那男人手指比成牛轭的形状，从中间狠狠啐了一大口。他朝乔尔气急败坏地横了一眼，呵斥道：“你是不是想这么站着啥都不干就白拿我的钱，是不是这样，啊？”

“心肝儿，听见没？”

“闭上你的嘴，女人。”格子门于是吱呀一声关上了。

乔尔摇摇头，继续前进。红发女孩和她闹哄哄的喽啰已不见踪影，白晃晃的午后渐渐成熟，归于寂静，夏季的天空正朝憔悴的大地倾泻柔和的色彩。乔尔对路人的好奇凝视报以傲慢的冷笑。走到名为 R. V. 莱西王廷的场所前时，他停住脚步，阅读用粉笔写在门口一块小破黑板上的清单：罗伯塔·V.莱西小姐欢迎您光临并品尝我们美味的炸鲶鱼与炸鸡——美滋滋迪克西冰激凌——顶呱呱好味道烧烤——甜饮与冰啤。

“甜饮，”他读出声来，仿佛冰凉的可口可乐正冲刷着他干渴的喉咙，“冰啤。”啊，一杯冰啤。他摸了摸口袋里零钱包凸起的外廓，便推开双开式格子门，踏了进去。

在这间名为R. V.莱西王廷的盒状屋子里，站着约莫十几号人，大多数是穿连体工装裤的小伙子，脸庞清瘦，被太阳晒得黑黝黝，还有几个年轻姑娘。乔尔走进屋，极不自在地在横贯屋子的木制柜台边坐下，喧嚷声便蓦地褪去，愔然一片。

“嘿，哈啰，小不点儿。”一个健壮的妇人瓮声瓮气道。她即刻大步跨过来，胳膊肘支在他跟前的柜台上。这妇人有着猿类的长臂，上面盖着黑色绒毛，下颌有颗肉疣子，上面点缀着一根触须似的长毛。桃色丝绸衬衫被她的大乳房拽着下垂，红眼眶里的眼珠子盯着他，闪着滑稽的光。“欢迎来到罗伯塔小姐的馆子，”两只指甲盖肮脏的手指伸过来，在他脸蛋上狠狠拧了一把，“说吧，要罗伯塔小姐为这小帅哥做点什么？”

乔尔一时不知所措。“来一个冰啤酒。”他脱口而出，全然不闻背后的窃笑和爆笑。

“可不能给未成年人喝啤酒，小宝贝儿，就算是你这么个小帅哥。这就给你来一瓶尼海葡萄苏打。”妇人说着便笨重地挪开了。

窃笑膨胀成直白的大笑，乔尔的耳朵羞成两瓣红。他心想这女人没准是个疯婆子。他扫视着这间酸腐的屋子，就好像这是家疯人院。墙上月历里的泳装美人龇牙咧嘴，一张镶了框的证书上写道：罗伯塔·维尔玛·莱西小姐于年度双枝三伏天游乐会上荣获扯谎大奖，特此立证。低矮的天花板上垂挂着几条布局巧妙的毒性捕蝇纸，以及几个装饰着红绿纸条、没有灯罩的灯泡。柜台上站着一个满插高耸粉红山茱萸的水罐。

“给。”那妇人说，丢下一瓶湿淋淋的紫色苏打水。“要我说，小不点儿，你真的是太热了，灰头土脸的。”她照他脑瓜欢快一拍，“我说，你准是萨姆·拉德克利夫带进城来的孩子，嗯？”

乔尔点头表示承认。他灌下一大口饮料，温吞吞的。“我要……就是，你知道从这里去斯骷利庄园有多远吗？”他说，意识到屋子里每只耳朵都冲他竖着。

“嗯……”妇人拨弄着她的肉疣子，眼珠子翻进脑袋里，直至完全消失。“喂，罗密欧，你估计去骷髅头有多远？”她说道，嘴角扯到耳边。“我管那地儿叫骷髅头，因为……”不过她没说完，因为这时被问到的黑人小伙子开口了：“两英里，更像是三英里，也许，女士。”

“三英里，”她鹦鹉学舌道，“不过要我是你呀，小宝贝儿，我是不会去那里转悠的。”

“我也不会。”一个黄发姑娘嘀咕道。

“有没有办法让我搭便车去那里？”

有人说：“耶苏·费韦尔不是在城里吗？”

没错，我看见耶苏——耶苏，他把车停在车马行附近——啥？你们是说那个老耶苏·费韦尔？我主基督，我以为他早就死了埋了呢！——不呀，老弟。他都满一百岁了，可也不比你短口气儿。——当然，我看见耶苏了——没错，耶苏就在这里……

妇人抄起苍蝇拍，蛮劲十足地给了一拍子。“别扯了。这孩子的话我一句也听不清了。”

乔尔心中涌起一阵得意来，掺杂着一丝害怕，因为自己竟成了这骚乱的中心。妇人以滑稽的目光锁定了他头顶上方某个点，说道：“小宝贝儿，你跟那骷髅头有什么关系？”

又来了！他概括了自己的故事，除了最简单的事件，其他一概略去，甚至连信件也不提。总之，他就是要去找他父亲。她能否帮帮他？

这个嘛，她也说不准。她静静站着，拨弄着肉疣子，愣怔双眼。“嘿，罗密欧，”她半晌方才开口，“你说耶苏·费韦尔在城里？”

“是的女士。”被她唤作罗密欧的小伙子并非白种人，戴了一顶蓬蓬的、沾染油污的厨师帽。他正在往柜台背后的水池里码盘子。

“过来，罗密欧，”她说，示意他过去，“我要跟你商量件事。”罗密欧马上和她凑到后面一个角落里。她开始眉飞色舞地和他咬耳朵，时不时扭头朝乔尔望一眼，而乔尔却听不见他们在说什么。屋子里没了声音，大家都看着他。他摸出从萨姆·拉德克利夫处偷来的那颗子弹，不安地把它在两只手里滚来滚去。

门突然哗地打开。那顶着火红短发的瘦姑娘大摇大摆闯了进来，然后双手直撑臀部，站住不动。她扁平的脸生得粗野；一片难看的大雀斑横铺在鼻子上。她那双浅绿的眼睛乜斜着，从一张脸飞快扫向另一张脸，不过并没显示认出了谁的迹象；它们在乔尔脸上冷漠地停了停，就又溜走了。

嘿，艾达蓓尔——怎么了，艾达蓓尔？

“我找我姐呢，”她说，“有谁看见她了？”她沙哑的男孩嗓音像从什么粗粝玩意里滤出来似的，弄得乔尔不由得清了清自己的喉咙。

“见她之前坐门廊上呢。”一个没下巴的年轻人说。

红发女孩倚着墙，交叉起细如笔杆、髌骨棱棱的双腿。她左膝上缠着一条渗着红药水的破绷带。她掏出一个蓝色溜溜球，任它缓缓松开，垂至地面又旋回。“那是谁？”她问，脑袋拧向乔尔。见没人回答，她让溜溜球打了个旋子，耸耸肩，说：“谁稀罕？你们说呢？”可她继续用眼梢狡黠地瞟着乔尔。“嘿，赊瓶可乐怎样，罗伯塔？”她嚷道。

“是罗伯塔小姐。”妇人马上打住和罗密欧的闲谈，“不消我说，你也知道自己嘴皮子厉害，艾达蓓尔·汤普金斯，向来如此。除非你什么时候学会女孩子家的礼数，不然你不登我家门就算帮我大忙喽。听见没？还有你什么时候开始有信用可以赊账啦？哈！起开……不穿上得体的女孩衣服别回来。”

“你知道你能干什么吗，”女孩一句顶回去，跺着脚走出门，“想要我再赏光来你这鬼地方，且等着吧，跟你打赌。”她一出去，黑色的身影便在她止步凝望乔尔时映在了那扇格子门上。

黄昏渐临。一大片愈发浓郁的绿在天空中泼洒开去，有如某种奇异的琼浆玉液，轻微的风懒洋洋地推着暗影重重的云，横渡这片浩渺无际的绿海。此刻，归家的苦旅即将开始，过不了多久，正午城的沉寂本身就会变成一种声音：脚步落在幽冥岩崖上覆满青苔的墓碑间时的那种动静。罗伯塔小姐把罗密欧借给乔尔当向导。两人步履一致；黑小伙拎着乔尔的箱子；他们默不作声地拐过靠近监狱的街角，就到了那家车马行，一座乔尔先前就留心到了的仓棚式红色建筑。一群汉子像西部片里的亡命之徒，正聚在拴马桩边，一个威士忌酒瓶在他们手里传来传去；另一群汉子没这么热火朝天，在一棵橡树的阴影下用折刀玩游戏。成群的蜻蜓在沾满黏液的饮水槽上颤悠悠地盘旋；一只遍体疮痂的猎狗来回踱步，鼻子在被拴住的骡子的肚皮上嗅来嗅去。喝威士忌的汉子中有一个老头，蓄着白色的长须长发，看起来相当自得其乐，因为他正拍着手，应和着也许在他心里哼着的什么小曲儿，踩着曳步舞。

黑小伙送乔尔拐过车马行，到了背后一处场院，这里挤满了马车和上了鞍的马匹，马尾巴一甩，定会打着什么。“就是他，”罗密欧用手一指，说，“他就是耶苏·费韦尔。”

可乔尔刚才一下就看见这个俾格米人了，他在场院最远端的一驾灰色骡车座板上蜷缩着：一个侏儒似的小黑人，粗糙原始的脸映衬在深邃的绿色天空下，显得尤其严峻。“别教我们给吓着，”罗密欧说，以一种怯怯的谨慎牵着乔尔穿过迷阵似的车与牲口，“你最好拉紧我的手，白人孩子——耶苏·费韦尔，你见不到比他更老的老秃鹰啦。”

乔尔说：“我可不怕。”事实的确如此。

“嘘！”

小伙子们走近时，那小俾格米人脑袋警惕地一耸；接着，慢慢地，像一只动作不连贯的机械人偶，他扭过头来，直到他的眼睛，那衰弱无神、有乳白斑块的黄眼睛以一种似梦非梦的漠然俯视着他们。他头上潇洒地扣着一顶古怪滑稽的德比帽，白底彩纹的帽檐饰带下支棱着一根花斑火鸡毛。

罗密欧迟疑地傻站着，好像在指望乔尔挺身而出；可见这白人孩子一动不动，他便说：“今儿你进城算你走运啦，费韦尔先生。这位小绅士是斯骷利家的人，他正要去庄园过日子。”

“我是桑瑟姆先生的儿子。”乔尔说。不过，仰头凝视那张深色的、脆弱的脸孔时，他突然意识到这话并没多大意义。桑瑟姆先生。所以他是什么人？什么都不是，一个无名小卒。哪怕对这眼窝凹陷、失明一般的正在打量他的老人来说，这名字也不像是有任何特别意义。

接着，耶苏·费韦尔将德比帽恭恭敬敬地抬了一寸。

“嘿，我就该在这里找到他：艾米小姐说来着。”他嘶哑地嘀咕一声。他的脸好似一个干瘪的黑苹果，几乎溃烂；他光滑的前额发亮，像是皮下点着一盏紫光灯；镰刀弯钩那样的坐姿使他看上去仿佛断了脊骨：一个可怜的断背小矮人，被岁月致残。然而——这也激发了乔尔的想象——在他白点斑斑的黄眼珠里有一丝巫神之气：一种玄奥诡秘的特质，让人联想到，嗯，魔法以及那些从书上读到的事情。“我昨天在这块儿，前天也在，因为艾米小姐，她让我等着。”他因为深深吸了一口气而一阵颤抖，“我现在说不了几句了，没劲儿啦。上来吧，孩子。天要黑了，天黑我这把老骨头可不好受。”

“这就来，耶苏先生。”乔尔无精打采地说。罗密欧助了他一臂之力，把他推进车，递上行李箱。那是一驾旧骡车，摇摇晃晃的，颇像一辆超大号摊贩推车；车板上散落着干玉米皮和粗麻袋，散发着甜甜的馊味。

“驾，约翰·布朗。”耶苏·费韦尔催道，缰绳轻轻地朝一头棕色骡子的背上抽了一下。“抬腿儿，约翰·布朗，抬抬腿儿……”

骡车慢吞吞驶出场院，吱吱嘎嘎走过一条窄道，上了大路。罗密欧冲上前，朝骡屁股上猛拍一巴掌，就拔腿跑了；乔尔一阵冲动，想唤他回来，因为刹那间他意识到自己不愿意孤身前往斯骷利庄园。可眼下已经没招了。车马行的前门外，白须醉翁不再手舞足蹈，猎狗蹲在水槽下挠着跳蚤。骡车那快散架的轱辘扬起一团团尘土，浮游在绿色的空气中，犹如铜粉。道上一个拐弯：正午城就没了踪影。

入夜了，骡车在一条荒弃的乡间道路上爬，轱辘轻轻滚过地上厚厚的细砂，碾去了约翰·布朗那孤单凄惶的蹄音。到现在为止，耶苏·费韦尔只开了两次口，每次都是用稀奇古怪的酷刑吓唬骡子：他要不就活剥了他的皮，要不就一斧头劈开他脑瓜，可能两者一起上。最后，他没了招，蜷缩在座板上，干脆就睡着了。“还有多远？”乔尔问过一回，不见回答。缰绳松垮地缠绕在老头的手腕上，而骡子无须指点，照样熟练地牵引着车子。

乔尔像碎布娃娃一样放松，舒展肢体躺在一张粗麻袋垫子上，两条腿垂在车尾晃悠。藤蔓一般纵横交织的繁星如薄霜，撒满南方的天空；他的眼睛循着这些闪闪烁烁的藤蔓游走，直到勾勒出许多银白色的相似物来：一座尖塔、奇花异草、一只腾跃的猫、人头的轮廓，以及其他像雪花构成的瑰丽奇妙的样式。当空一弯鲜活、微微泛红的下弦月；夜风阴森森地拨弄着披风一样挂在路边枝丫上的寄生藤。在这醇厚幽深中到处有萤火虫朝彼此打信号，就像在用密码传递信息。他心满意足、无忧无虑地倾听着遥远的、锯琴似的夜虫低鸣。

接着，寂寞乡野的夜声中飘来带有童稚气的二重唱："奈何知更鸟，可怜小东西……" 他看见她们，幽灵似的，在月光下沿着杂草丛生的路边匆匆走着。两个女孩子。一个步态轻盈曼妙；另一个像男孩，摇摇晃晃，动作敏捷，这个女孩乔尔认出来了。

"哈啰，嘿。" 骡车赶上她们时，他壮起胆喊道。

两个女孩子都望着骡车驶近，明显放慢了脚步；不过他没见过的那个似乎吓了一跳，叫唤道："哎呀天哪！" 她有一头长长的头发，垂过臀部，而她模糊在阴影里的脸，虽然他只能看到一点，似乎相当友善、相当俏丽。"哎呀，你朝这个方向来，而且还想载我们一程，真是了不起，是不是呀？”

“请便。”他说，挪了挪，腾出座位。

“我是馥洛拉蓓尔·汤普金斯小姐。”她轻灵地跳上车，坐在他旁边，将裙边拉过膝盖，然后郑重其事地说道。“这是斯骷利的车？没错，那是耶苏·费韦尔……他睡着了？哎呀，简直了不得。”她说话很快，轻扬如小鸟，像是在学某种老太太的腔调，“上来，妹妹，还有好多好多地方呢。”

那妹妹拖着沉重的脚步跟在车后面。“我长了一双脚，也自觉不是随便的人，不会心里把不牢、两脚挪不了，不管怎样，谢啦。”她说着，又猛提了一把短裤。

“我欢迎你搭车。”乔尔轻声说，不知还能怎么办；毫无疑问，她是个怪孩子。

“哎呀呀，胡说八道，”馥洛拉蓓尔·汤普金斯说，“你别去理睬她。这就是妈妈所谓的艾达蓓尔阿呆呆。让她翻着膝盖走吧，随她的便吧。跟她讲道理是白费工夫：她犟着呢，艾达蓓尔。人尽皆知。”

“嚯。”艾达蓓尔只这么驳了一声。

乔尔看看这个又看看那个，断定他更喜欢馥洛拉蓓尔；她真漂亮，虽说他没法看清她的脸来做公正的判断，至少在他的想象里是这样的。反正，她的妹妹是个假小子，而自从认识艾琳·奥蒂斯后，他对假小子就有种特别的憎恶。这位艾琳·奥蒂斯是个壮实的粗野坯子，在新奥尔良跟他住同一个街区，习惯伏击他，拉下他的裤子，扔上树梢。那是早些年的事，不过一想起她，仍然教他怒不可遏。他把馥洛拉蓓尔的红发妹妹想象成一个标准的艾琳·奥蒂斯。

“你知道，我们给自己弄了一辆好车，”馥洛拉蓓尔说，“绿色雪佛兰，可以坐六个人，谁也不用坐在别人腿上，而且里面还有真正的遮光帘，你抓住拴在上面的可爱的玩具小娃娃，就能拉上拉下。这辆好车是爸爸在斗鸡时从别人手里赢来的，我觉得他干得真是漂亮，只有妈妈不这么说。妈妈这个人实在老实，她不能容忍斗鸡。不过我想说的是，我们一般不需要搭便车，更别说是搭陌生人的了……因为我们认得耶苏·费韦尔……算是认得。不过，你叫什么名字啊？乔尔？乔尔什么？诺克斯……噢，乔尔·诺克斯，我想说的是，我爸爸一般会开着我们那辆漂亮汽车送我们进城……”她叽叽咕咕地说个不停，他心满意足地听着，直到他扭过头去，看着她那妹妹，感觉她打量自己的神情十分古怪。他们就这样持续对视，不带笑意却不乏愉悦的神情在两人间游走，被月光照得分外明亮；仿佛两人都在说：我也不觉得你有什么了不起。“……不过有一回我关车门碰巧砸了艾达蓓尔的手，”馥洛拉蓓尔还在说那辆车，“结果她的拇指指甲再也不长啦：鼓鼓的一团黑。不过她倒没哭没闹，相当勇敢了；碰上我，我可受不了这么一只恶心的……让他瞧瞧你的手，妹妹。”

“你别惹我，不然我真让你瞧去：教你去想不到的地方瞧去。”

馥洛拉蓓尔抽抽鼻子，恼火地瞥了一眼乔尔，因为他笑了。“把艾达蓓尔当人看是不会有好报的，”她威胁道，“谁都知道。瞧她这副粗野的样子，你绝对想象不到她是从我们这种有钱人家出来的，是不是？”

乔尔缄口不语，知道不管自己说什么都不对。

“我就是这个意思，”馥洛拉蓓尔说，借着他的沉默将计就计，“你是绝对想象不到的。自然啦，我们是双胞胎：同一天出生，我先出来十分钟，所以我比她大；

我们俩都是十二岁，要十三岁了。馥洛拉蓓尔和艾达蓓尔。这俩名字还押韵，是不是很俗气？只有妈妈觉得它们很可爱，不过……”

乔尔没听见余下的话，因为他突然发现艾达蓓尔没在跟着车走了。她远远落在后面，飞跑着，像一只苍白的野兽飞跑着，穿过路边那一汪杂草，跑向远处山茱萸盛放出的岛屿，花簇有如黑色岸滩上大海泛起的泡沫。没等他叫馥洛拉蓓尔看，她那双胞胎妹妹已经没了踪影，消失在月色明灭的树林中。“她独自一人在黑暗里不会害怕吗？”他打断道，指明她消失的位置。

“那孩子天不怕地不怕，”馥洛拉蓓尔直截了当地回道，“不用替她操心，她想赶上来自然会赶上来。”

“可是在那些树林子里……”

“噢，妹妹经常头脑发热，不必去问为什么。我俩是双胞胎，刚才告诉你了，不过妈妈一直说上帝送好东西来时总会搭个坏的。”馥洛拉蓓尔打了个哈欠，往背后一靠，长长的头发披散在肩头。“没什么是艾达蓓尔不敢做的；哪怕在我们小时候，她也会在斯骷利周围打转，朝所有的窗户里偷看。甚至有一回她还看清了伦道夫堂弟呢。”她懒洋洋地伸出手，抓住一只悬在她脑袋上方、金光闪闪的萤火虫，接着说：“你喜欢住在那个地方吗？”

“哪个地方？”

“那个庄园啊，傻瓜。”

乔尔说：“也许会吧，可我还没见过。”她的脸和他的离得很近，因此他感觉得出她对这回答挺失望。“你呢，你家住哪儿？”

她优雅地挥挥手：“就在前面那边。离庄园不远，所以你有空可以来玩。”她将萤火虫掷上天，它就像一轮小月亮那样悬在半空了。“我自然搞不清楚你是不是住在庄园里。没有谁见过任何斯骷利家的人。嘿，就算上帝自己住在那里，也不见得能搞清楚。你和他家是亲戚……”不过只听四周的黑暗里一声令人头皮发麻的嘶嚎和一阵噼啪乱响，话音被打断了。

艾达蓓尔一个蹦跶，从灌木丛中跃上路来。她手臂乱挥，激烈狂吼。

“你个大傻瓜！”她姐姐尖叫起来，不过乔尔什么也没做，因为他的心都卡在嗓子眼里了。随后，他转头去看耶苏·费韦尔作何反应，可那老人仍打着盹儿；说来也奇怪，骡子竟也没惊得撒开蹄子乱跑。

“刚才那一下不错吧，嗯？”艾达蓓尔说，“我打赌你们以为魔鬼缠上自己喽。”

馥洛拉蓓尔说：“不是魔鬼，妹妹……他就在你骨子里。”她又对乔尔说：“我告诉爸爸她就该知错了，因为除非她从洼地抄近道，不然不可能在我们眼皮底下跳到我们跟前来，爸爸不知告诉过她多少遍。她老在那边晃悠，寻找枫香树胶；总有一天哪条大铜头蝮会把她整条腿咬下，记着我的话。”

艾达蓓尔已经带着一大束山茱萸回来了，现在正凑着花一个劲地嗅着。“我已经被蛇咬过啦。”她说。

“是的，这倒是真的。”她姐姐承认，“你该瞧瞧她的腿，乔尔·诺克斯。腿肿得像个西瓜，头发都掉光啦；她病蔫蔫两个月，妈妈和我不得不尽力伺候她。”

“她没死掉真是万幸。”乔尔说。

“如果我是你，又不知道怎么照顾自己，我早就死掉了。”艾达蓓尔说。

“她是很聪明，没错，”馥洛拉蓓尔让步了，“她直冲鸡窝，逮了一只公鸡，一把撕开；从没听见过这样凄惨的鸡叫。热鸡血能吸毒。”

“你被蛇咬过吗，小孩？”艾达蓓尔倒是想知道。

“没有，”他说，不知为何有一种理亏的感觉，“不过有一回我差点没教一辆车轧死。”

艾达蓓尔似乎在掂量这事。“教车轧死。”她说，朦胧的声音里掺杂着一丝嫉妒。

“你不该告诉她的，”馥洛拉蓓尔厉声说，“她会拔腿就跑，跳上公路的。”

路下边浅浅的林子里，不远处一条小溪的潺潺湍流在卵石间叮咚作响，衬托着躲在暗处的青蛙的鼓噪。慢吞吞滚动的骡车爬上一条坡道，又开始往下走。艾达蓓尔从一大捧山茱萸上摘下一片片花瓣，点缀着她走过的路，将枝杈扔在一旁；她歪着脑袋，面朝天空，哼了起来，接着唱道：“北风呼呼起，飞雪就要到，奈何知更鸟，可怜小东西。”馥洛拉蓓尔接口：“飞进谷仓里，想寻一片暖，藏身翅羽下，可怜小东西！”那是一首轻快活泼的歌，她俩一遍又一遍地唱着，到后来乔尔也加了进去，组成三重唱；他们的嗓音清脆而甜美，因为三人都唱高声部，馥洛拉蓓尔则欢快地拨弄起一把想象中的班卓琴来。不久，一片乌云蒙上月亮，歌声在黑暗里终止了。

馥洛拉蓓尔跳下骡车。“我们家就在那边，”她说着，指向乔尔眼中的旷野，“别忘了……过来玩。”

“好的。”他呼喊道，可黑暗的浪潮已经将双胞胎从视野中冲走了。

过了一阵，关于她们的思绪回响、消散，令他疑心她们或许正如自己最初想象的：是两个幽灵。他摸了摸自己的脸颊，摸了摸玉米皮，望了望睡着的耶苏——老人也如同幻象，但是他的身体倒是随着骡车的颠簸弹跳着——乔尔放下心来。缰绳丁零当啷，骡蹄踢踏，单调得如同夏日午后飞蝇的嗡鸣。密密丛丛的繁星倾盆而下，将他裹进星光，缭乱他的眼睛，让它们无法睁开。他双手叉腰，两腿瘫软，嘴唇微翕——就像被睡意突然击倒了一样。

突然前面隐约出现了栅栏；骡子顿时恢复活力，开始小跑，几乎飞奔着穿过一条砾石小巷，车轮辗转，沙石飞溅；耶苏·费韦尔被摇醒了，猛地抽了一下缰绳：“吁，约翰·布朗，吁！”那骡车便垂头丧气地停了下来。

一位妇人从宽阔门廊前面的台阶上飘下来；一双双迷乱的白色翅膀围着她高擎的煤油灯的黄色圆肚打转。可乔尔此时正朝一个梦的魔鬼怒目而视，全然不知那妇人专注地冲他弯下了身，正就着烟雾蒙蒙的灯光凝视他的脸。

2

下坠……下坠……下坠！刀刃似的一道陡井，一条地下通道，他就像扇桨一样旋转着穿过金属旋涡；底端一条口如深渊的鳄鱼，目光透过半垂的眼皮追踪着他的下旋路径：跟往常一样，清醒救了他的命。鳄鱼在阳光里轰然爆炸。乔尔眨眨眼，尝尝舌尖的苦涩，没有动弹；那张床——一张巨大的四柱床，高高的床头板上有红木粗雕的各色水果——柔软得教人透不过气，他的身体深陷羽绒之中。尽管他裸身而卧，盖在身上的薄被单还是感觉像一条羊毛毯。

连衣裙的窸窣警示他房间里有别人。还有另一种声音，干涩的、簌簌的，如鸟儿拍翅；就是这声音弄醒了他，他翻身时意识到。

一大面淡黄色墙壁分开了两扇正对着床的窗户，满窗都是热辣辣的阳光。窗户之间站着个妇人。她没注意到乔尔，因为她正盯着屋子那头的古董衣柜：柜上一口漆匣，匣上一只鸟，一只纹丝不动停着的冠蓝鸦，静得好像做成标本的猎获物。妇人转身关上了唯一开着的窗；接着，迈着谨慎的小碎步往前挪动。

乔尔已经醒透，但一时间，那只冠蓝鸦和它的追捕者仿佛依然是他梦魇的奇诡残片。望着她朝衣柜挪近，望着鸟儿那天真无辜的焦灼不安，他胃部的肌肉抽紧：鸟儿跳来跳去，闪亮的蓝色脑袋一伸一缩；忽然之间，就在她挪至触手可及的距离内时，它扑棱翅膀，飞过床的上空，轻轻落在乔尔昨晚扔衣裳的一把椅子上。于是昨夜的记忆向他汹涌而来：骡车，双胞胎，戴德比帽的小个儿黑人。还有这妇人，他父亲的妻子：艾米小姐，别人这么称呼她。他记得走进大宅，跌跌撞撞穿过满墙烛影晃荡的厅堂里的一个怪房间；艾米小姐，她用手指抵住自己的嘴唇，做贼似的，领他摸上一条铺着地毯的螺旋扶梯，接着又穿过另一条廊道，来到这间屋子门前；所有一切都是梦游人会经历的错综而纷乱的场景；因此，当艾米小姐站在衣柜跟前，凝视着停在新落脚处的冠蓝鸦时，乔尔多少就像是第一次见到她。她的裙子是用几乎透明的灰色料子做的；她的左手，不知何故，戴着一只颜色相配的丝质手套，手心朝上文雅地握着，就像断了似的。细细一缕白发交缠在她毫无魅力、黯淡无光的棕色发辫间。她单薄瘦小、弱不禁风，眼睛像两粒葡萄干似的嵌在柔软的细窄脸庞中。

她没有像刚才那样直接去追鸟儿，而是踮起脚穿过巨大的屋子，走到对面的壁炉旁，熟练地转手抄起一根拨火铁棒。冠蓝鸦跳下椅子扶手，去啄乔尔丢下的衬衫。艾米小姐抿着嘴，迈了轻快而淑女的五步……

拨火棒当背摁住了鸟儿，让它的翅膀一瞬间动弹不得；它挣脱了束缚，疯狂地飞到窗口，呱呱乱叫，拍打窗格，最后跌落在地上，茫然地匍匐，张开的翅膀在地毯上刮扫。

艾米小姐将它围堵进一个角落，随后一把铲起，紧贴胸口。

乔尔把脸埋进枕头，因为知道她会朝他这边望过来，即便只是看看这一场闹腾是不是吵到了他。他听着她的脚步穿过屋子，房门轻轻关拢。

他穿上昨天穿过的那身衣裳：一件蓝衬衫，皱巴巴的亚麻裤子。他哪里也找不到自己的行李箱，心想是不是落在了骡车上。他梳理了一下头发，把盥洗盆里的水撩在脸上，盆子就搁在红木四柱床边一张大理石台面的案几上。地毯有些地方已秃了绒，精美的图案具有东方韵味，光脚踩在上面感觉又脏又扎的。令人窒息的屋子里有一股霉味；散发着老旧家具以及冬日余烬的气息；浮尘如蛾蚋般在阳光灿烂的空气里盘旋飞舞，乔尔碰到哪里，哪里就留下灰蒙蒙的印子：衣柜，梳妆镜柜，盥洗架。这间屋子肯定已经闲置多年；唯一清爽的东西就是床单，即便如此，它们看上去也还是泛黄的。

他系鞋带时瞥见了冠蓝鸦的一片羽毛。它在他头顶上方飘飘忽忽的，被蜘蛛丝缠住了似的。他从空气里一把扯出它，带到衣柜旁，存放进红长绒衬里的漆盒；他又突然发觉这盒子适合储存萨姆·拉德克利夫的子弹。乔尔喜欢各种纪念物，他天生爱收藏并归类各种小玩意儿。他有过好多了不起的收藏品，当埃伦说服他把它们留在新奥尔良时，他心疼得不得了。有杂志照片和外国硬币，有书籍和独一无二的石头，还有一组极漂亮的、被他归为“杂锦”的宝贝：羽毛和子弹本该为它锦上添花。不过也许埃伦会把他的东西邮寄过来，也许他可以再从头开始，也许……

门上一阵急叩。

是他父亲，这个他确定。一定是他。他该说什么呢：哈啰，爸，父亲，桑瑟姆先生？你好吗，哈啰？拥抱，还是握手，还是亲吻？噢，为什么他还没刷牙？为什么他找不到少校的提箱和一件干净的衬衫？他把鞋带系了个蝴蝶结，喊道：“怎么了？”他挺起身来，准备留下最好、最男子汉的印象。

门开了。是艾米小姐，戴手套的那只手揣在怀里，候在门口；她温柔地点点头，而当她走上前时，乔尔注意到她的上唇有一层绒毛，有点像是胡子。

“早安。”他说，微微笑着，伸出一只手。他当然是失望的，可多少也松了一口气。

她盯着他伸出的手，疑惑使她小小的脸皱缩起来。她摇摇头，绕过他，走到一扇窗前，背对他站着。“过十二点了。”她说。

乔尔的笑容突然之间变得僵硬、尴尬。他将两只手藏进口袋。

“可惜你昨夜到得那么晚：伦道夫本来计划更热烈地迎接你呢。”她的嗓音有一种倦怠、造作的腔调，听上去就像一只玩具气球在嘶嘶漏气。“不过也好，可怜的孩子有哮喘，你瞧：昨天又狠狠发作了一回。我没告诉他你在这里，他准会气坏的，不过我想他最好待在自己屋里，至少到晚饭前。”

乔尔搜肠刮肚地找话说。他想起萨姆·拉德克利夫提到过一个堂弟，而双胞胎中的一个，馥洛拉蓓尔，也说起过一个伦道夫堂弟。反正，从她说话的情形来看，他猜想此人是个年岁与他相仿的男孩子。

“伦道夫是我们的堂弟，也是你的仰慕者。”她说，转头面向他。强烈的阳光凸显了她皮肤的灰白，一双小眼睛正精明地盯着他，显得相当警觉。她脸上有一种淡漠，就好像在那既优雅又昏庸的漠然表象之下，有另一人格，相当不同的人格，在引人注意；那种淡漠，令她在不经意间就会流露出一种惊慌、不安的神情，而她说起话来，就好像永远不能完全吃准每一个字表达的意思。“我丈夫寄给肯德尔太太的支票上的钱，你还有剩余吗？”

“一块钱左右，我估计，”他说，不情愿地将自己的零钱包递了过去，“那家餐馆要价蛮高的。”

“请别这样，钱是你的，”她说，“我只不过想知道你是不是个聪明、节俭的孩子。”她忽然显得不耐烦起来：“你干吗这么坐立不安？是急着用卫生间吗？”

“噢,不，”他马上觉得自己好像在人前尿湿了裤子，“噢，不。”

“遗憾的是，我们没安现代管道设施。伦道夫反感那一类新发明。不过，”说着，她朝盥洗盆那边扬了扬头，“你能在那里找到一个夜壶……就在下面的柜子里。”

“是，夫人。”乔尔说，羞得无地自容。

“还有，宅子里当然从没接过电线。我们有蜡烛和油灯；它们都招虫，不过你喜欢哪一种？”

“你手上哪种多就哪种。”他说，心里其实是想要蜡烛的，因为这让他联想到圣德瓦尔街秘密九人帮，一个社区里的侦探俱乐部，他在里面兼任司库和史官。他想起俱乐部聚会时，从五或十美分店里顺来的高烛在可口可乐瓶子里火光摇曳，“一号大探”萨米·希尔弗斯坦用一根老牛骨头充当木槌。

她朝那根滚到翼形安乐椅底下露出半截的拨火棍瞅了瞅。“你介意捡起它放回壁炉边上去吗？我刚才在这里，”在他按她的吩咐做时，她解释说，“从窗外飞进一只鸟儿来；真是个讨厌东西：没打扰你吧？”

乔尔犹豫了。“我想我听到了什么声响，”他说，“它把我吵醒了。”

“好吧，睡十二个小时也该够了。”她坐进那把椅子里，交叉起两条牙签腿；她穿着白色低跟鞋，像护士穿的那种。“是啊，早晨已过去，一切又都热了起来。夏天真教人不愉快。”虽说她态度冷漠，乔尔倒并不抵触，只是有一点不自在。四十五至五十岁的妇人们，像艾米小姐这样的，通常会对他表现出某种温柔，他也把她们的同情当成理所当然的事；倘若她们有所保留——这也偶有发生——他知道如何轻而易举地化解：一个浅笑，伤感的一瞥，一句温文尔雅的赞美，“我想说您的头发是何等美丽：颜色漂亮”。

这份贿赂没得到明确认可，于是："而我又是何等喜欢我的房间。"

而这回他击中要害了。"我一直认为这是整栋住宅里最精致的一间。伦道夫堂弟就出生在这里：就在这张床上。而安杰拉·李……伦道夫的母亲，一个美丽的女人，来自孟菲斯……也死在这里，噢，没多少年之前。那之后，我们就再也没用过这屋了。"她猛地仰起头来，像是要聆听远处的什么响动；她的眼睛眯了起来，接着就完全闭上了。不过她随即就放松下来，往后陷进椅子里。"我估计你留意到这景色了？"

乔尔承认说没有，他不曾留意，并且很乐意地走到窗前。下面，在一片阳光的热浪之下，是一座花园，芜杂的斑纹漆树和丁香，芋艿和垂柳，蕾丝叶面的枝条耷拉着，闪着幽幽光泽，还有显得低矮的樱桃树，就像东方图案中的那些，在正午的炽热中，枝叶招展，碧绿而原生。这一片长方形园圃之所以杂乱无章，并非由于单纯的疏忽，而倒像是有人在肆意胡闹间，撒了一把杂七杂八的种子的结果。青草和灌木和藤蔓和花朵都挤在一起。巨大的苦楝和水月桂筑成一堵森严的围墙。住宅正对面的尽头，更有一番不同寻常的景致：一排五根白色凹槽柱就像一组手指，给花园蒙上一层废墟般原始而鬼魅的色彩：猩红的藤蔓蛇行攀缘在柱子摇摇欲坠的细长肢体上，一只黄色虎斑猫正在中央的柱子上磨爪子。

艾米小姐已经起身，此刻正站在他身边。她比乔尔矮了一英寸左右。

“在学校的古代史课上，我们得画像这样的柱子。卡丁斯基小姐说我画得最好，她还将它们钉上了布告栏。”他吹嘘道。

“那几根柱子……伦道夫也特别喜欢；它们原先是老侧廊的一部分，”她用一种忆旧的口吻对他讲，“那时安杰拉·李是个年轻的新娘，刚从孟菲斯过来，而我还是个比你更小的孩子。到傍晚，我们就坐在侧廊里，喝樱桃汽水，听蝉鸣，等待月升。安杰拉·李钩了一条披肩送我，你有机会一定要看看，伦道夫将它用作自己屋里的台巾，浪费又可惜。”她轻声说道，就好像只是说给自己听的。

“门廊难道被刮走了吗？”乔尔问。

“烧掉了，”她一边说一边用戴手套的手在积灰的窗玻璃上擦出一个清晰的圆圈，“是在十二月份，圣诞节前一个礼拜，庄园上除了耶苏·费韦尔没其他人，而且那时候他也已经很老了。谁也弄不明白火是怎么起的又是怎么灭的；简直是说来就来，烧了饭厅、乐厅和图书馆……就熄了。谁也弄不明白。”

“这座花园就是原先烧掉的那部分？”乔尔问，“天哪，那准是一栋非常非常大的宅邸。”

她说：“那头，靠近柳树和秋麒麟草……是原先的乐厅，舞会就在那里举办；小型舞会，当然，在这一带安杰拉·李有兴趣招待的就只有寥寥几位……现在他们都已经死了，那些参加她小小晚会的人；凯西先生，据我所知，是去年离世的，他是最后一个走的。”

乔尔往下瞅着那乱蓬蓬的一大团绿，试图想象乐厅和里面翩翩起舞的人（“安杰拉·李拨竖琴，”艾米小姐说，“凯西先生弹钢琴，耶苏·费韦尔拉小提琴，虽说他从不曾正经学过，老伦道夫唱歌；他是州里首屈一指的男声，大家都这么说。”），然而柳树还是柳树，秋麒麟草还是秋麒麟草，跳舞的人已不见踪影。黄虎斑猫偷偷摸过丁香，隐入高而茂密的草丛里，而那花园浮光闪耀，神秘而静默。

艾米小姐叹了一口气,随即隐入屋子的阴影里。"你的行李箱在厨房,"她说,"如果你下楼的话,我们可以去看看密苏里有什么能给你吃的。"

下大雨时浸透房间的那种珍珠般的光，透过一扇磨砂玻璃老虎窗，照亮了顶楼的长走廊。看得出来，壁纸一度鲜红似血，而今褪成了一墙深红的肿泡和地图般的斑驳。走廊上一共四扇门，包括乔尔的那扇，都是轩昂雄伟的橡木门扉，配有厚重的黄铜球形把手，而乔尔暗想，倘若推开，不知哪扇门后面可能会是他父亲。

"艾米小姐,"下楼梯时，他说，"我爸在哪儿呢?我意思是，我能不能见见他，求求您，太太？"

她没有回答。她走在他下方几级台阶外，戴手套的手顺着弯弯的深色扶手轻滑，每级楼梯都彰显她脚步的优雅娇弱。缠在她暗褐色头发中的那一缕灰白犹如一道闪电。

"艾米小姐，关于我父亲……"

她到底有什么毛病？她是不是有点聋，像他表姐露易丝一样？扶梯往下通向一间他印象中昨夜的圆形私室，此处一面落地长镜忧郁地捕捉了他的映像；它就像是游艺园里的哈哈镜，他没形没状地在它扭曲的深处摇摆。除开放了一盏煤油灯的雪松木箱，室内昏暗、空荡，没有其他家具。左边是一道拱门，一大间拥挤的客厅在后面张开黑洞洞的大口；右边挂着薰衣草色的天鹅绒帘幕，磨损的地方泛着光，就像冬日草地上冻结的露珠。她推开彼此分离的褶皱。另一道廊，另一扇门。

厨房无人。乔尔在一把藤条椅上坐下，前面是一张铺着方格油布的大桌，艾米小姐则几步退出厨房，站定呼喊："唷呼，密苏里，唷呼……"像尖声的老猫头鹰。

一个生锈的闹钟趴在桌上，嘀嗒嘀嗒，嘀嗒嘀嗒。厨房相当大，不过阴阴的，因为只有一扇窗户，窗外一株无花果树，毛茸茸的树叶重重叠叠；再者，木板墙壁是阴沉天空的那种昏暗蓝灰，而炉灶，这个烧柴火的老古董，颜色乌黑，这会儿正有火苗跳动其中，上面一根乌黑的烟囱直通低矮的天花板。地上铺了磨损的油地毡，就像埃伦厨房里的一样，但也只有这个让乔尔想起家来。

随后，当他独自一人坐在安静的厨房里，他突然被一个可怕的念头缠住：倘若他的父亲已经见过他了呢？倘若自从他到了这里就一直在窥视他，而此时此刻也的的确确正注视着他呢？这样一栋老宅，大抵暗道密布，人像中的眼睛也并非眼睛，而是窥孔。而他父亲会想：这小不点儿是个冒名顶替的，我的儿子理当更高更壮更帅更伶俐相。假如他跟艾米小姐说了：给这小骗子吃点东西，就把他打发走了事。大慈大悲的上帝啊，他该去哪里呢？漂泊他乡，将自己装扮成街头手摇风琴艺人，边上跟着一只穿娃娃衣裳的小猴儿，或者扮成卖唱的盲童，或者叫卖铅笔的乞丐。

“见鬼，密苏里，你怎么就学不会在一个地方待五秒钟以上？”

“我要劈柴。我不是要劈木柴吗？”

“不许跟我顶嘴。”

“我没跟谁顶嘴，艾米小姐。”

“不是顶嘴又是什么？”

“嗳！”

上了台阶、从网格后门外走进来的，一个是艾米小姐，教火气扭曲了雪白的脸，另一个是位端秀的黑人姑娘，提来一捆木柴，搁在炉灶边的筐子里。乔尔看见少校的手提箱就塞在这只筐子背后。

艾米小姐捋着丝质手套的指部，说："密苏里属于耶苏·费韦尔；她是他的孙女。"

"认识您很荣幸。"乔尔亮出他最漂亮的舞蹈课做派，说道。

"我也是，"黑人姑娘回答道，继续忙着手上的活儿，"欢迎来到，"她掉了一口平底锅，"庄园。"

"要是我们不多加小心，"艾米小姐有意让人听到她的低语，"我们很可能会给自己惹来大麻烦。所有这番闹腾：伦道夫会大发雷霆的。"

"我有时候搞得太累了嘛。"密苏里嘟囔道。

"她是个好厨娘……碰上她高兴的时候，"艾米小姐说，"她会照应你的。不过别吃撑，礼拜天我们晚饭吃得早。"

密苏里说："你来做礼拜吗，夫人？"

"今天不行，"艾米小姐心不在焉地回答道，"他情况不好，愈发不好了。"

密苏里将平底锅搁在架子上，会意地点点头。接着，直截了当地望着乔尔："我们就指望你喽，小伙子。"

这就像经常在圣德瓦尔街秘密九人帮的成员间传阅的恼人的暗语目录一样，为的是教圈外人听了惊叹连连，却又一头雾水。

"密苏里和耶苏礼拜天下午自己做礼拜。"艾米小姐解释说。

"我拉手风琴，我们一块儿唱歌，"密苏里说，"可好玩啦。"

不过见艾米小姐正欲离开，乔尔无视了黑人姑娘，因为还有某件急迫的事情他想要落实。"关于我父亲……"

"怎么了？"艾米小姐在门口停下脚步。

乔尔张口结舌。"是这样，我想要……见见他。"他磕磕巴巴地说。

她拨弄着门把手。"他身体欠安，你知道，"她说，"我认为他现在还不宜见你；他说话相当困难。"她做了一个无可奈何的手势，"不过要是你想，我会去问一问。"

配上一块玉米面包，乔尔将密苏里搁在他跟前的一盘热气腾腾、吸满香肠肉汁的煎鸡蛋和粗玉米粥抹得一干二净。

“看男孩子吃得这么香实在教我高兴。”她说，“不过别指望再添饭哟，我的背疼死啦，昨晚压根没合眼；自打我还是个小孩那会儿就时不时遭这罪，喝过的药水能盛下整个美国海军，还不见好过一丁点儿。沿路不远住着个巫婆（古斯·赫利太太），从前会熬一种灵光魔汤，管一点儿用。可怜的白女人。古斯·赫利太太。撞上飞来横祸：掉进一座印第安老墓穴，虚弱得再也没爬出来。”高大、强壮、裸足、优雅、无声，在厨房里安然走动的密苏里·费韦尔就像一只灵活的黑猫，漫不经心的步态有一种性感而高傲的美。她长着一双丹凤眼，比熏焦的炉灶还要黑；一头卷曲的头发根根挺立，像是见了鬼似的，嘴唇丰厚，呈紫色。她脖子的长度惹人注意，因为她几乎成了个怪胎，一个人形长颈鹿，让乔尔想起自己曾经从《国家地理》上剪下的奇异的非洲妇女的照片，她们的脖颈被无数银项圈拉伸到几乎不可能的长度。虽说她自是没戴银项圈，但她高扬的脖颈上系了一条汗津津的蓝色波点领巾。“爷爷和我指望你来我们的礼拜会。”她斟满了两只咖啡杯，像男人那样叉开腿骑坐在桌边一把椅子上，然后说道，“我们在花园后边有一处自己的小屋，你待会儿快快过来，我们好好乐乐。”

“可能的话我会去的，不过鉴于这是我在这里的第一天，爸爸大概指望着我去见他。”乔尔满怀希望地说。

密苏里把她的咖啡全倒进咖啡碟，吹了吹，再倒回杯子，喝下一大口，吧唧吧唧嘴。“这可是主日，”她宣布道，“你信仰他吗？你信不信他有治愈神力？”

乔尔说：“我上教堂的。”

“这不是我的意思。打个比方，当你想到主时，你心里会想到什么呢？”

“噢，就那些事。”他说，虽说实际上，每每有事让他记起天堂里有个上帝，据说会将他的行为记录在案，他想到的一件事是钱：二十五美分硬币，是他每背下一节《圣经》，他母亲就会给他的；十美分硬币，是本该投进主日学校集资盘的，却被他投进加瓦尔多尼苏打机；教堂出纳员在会众中募集来的雨点般叮叮咚咚的硬币。不过乔尔并不怎么喜欢上帝，因为他背叛了自己太多回，“就比如做祷告那种事”。

“我想到他的时候呀，我就想等爷爷安息了，我该做什么。”密苏里说着，喝了一大口咖啡漱漱口，“这么说吧，我会展翅高飞，飞去北边某些了不得的城市，比如特区。”

“你在这儿不开心吗？”

“亲爱的，你太小，有些事儿你不懂啊。”

“我十三岁了，”他宣布道，“我懂的东西多得会让你惊讶。”

“哎呀，孩子，这个国家多的是万事通，其实什么都不通，多得很。”她说着，开始剔上排牙齿：她镶了一颗俗气的金牙，而乔尔意识到她这么剔的用意就在于引起他对金牙的注意。“一个原因就是，我会孤独：我老说的就是，你不在这庄园住上一小阵子，就不会懂什么叫作孤独。这里没我喜欢的男人家，至少眼下没有：曾经有个臭秃鹫名叫凯格，他对我做了坏事，落得个戴脚镣做苦役的下场，下流坏人渣，活该。他对我干出这档下流事时，我才十四岁。”拳头般的一小撮苍蝇在一个糖罐上嗡嗡盘旋，被她一只怒手挥得四散。“是的您哪，凯格·布朗，他就叫这名字。”她一边用指尖把金牙擦得亮闪闪，一边用丹凤眼仔细端详乔尔；那双眼睛好似野葡萄，又好似两片黑瓷，从它们的杏形窄缝中聪敏地往外瞧。“对城市生活的渴望毒进了我的血里，因为我在圣路易斯长大，直到爷爷把我接到这里照料他最后的日子。那会儿爷爷已经九十多了，他们都说他在这世上留不了多久了，所以我来了。那是十三年前了，现在我看爷爷好像会比玛士撒勒[①]还长寿。别弄错，我是爱爷爷的，不过等他走了，我立马往特区去，或波士顿，或康乃奇壳[②]。我想到主的时候，我想的就是这个。”

“为什么不去新奥尔良呢？”乔尔说，“新奥尔良有各式各样的漂亮小伙子。”

“噢，我没研究过那个新奥尔良。问题不光是男人，亲爱的：我要去会下雪的地方，不要总是这么大太阳。我想在没到我屁股的雪里走：看它一大团一大团从天上掉下来。噢，漂亮啊……漂亮。你见没见过雪？”

---

① Methusaleh，意指玛士撒拉（Methuselah），《圣经》记载中最长寿的人，据说他在世上活了九百六十九年。

② Coneckikut，意指康涅狄格州（Connecticut）。

乔尔屏息吹了个牛，声称他当然是见过雪的；这是可以被原谅的欺骗，因为他热切地渴望看到真正的雪：除了拥有光之山钻石外，他深藏心底的终极愿望就是这个。有时候，在单调无聊的下午，他会蹲在圣德瓦尔街的路缘上做白日梦，想象那寂静无声、珠光莹莹的雪云从干涩、肮脏的树的枝丫间筛过，冰凉地飘落下来。八月飞雪，把了无生气的路面铺得银晃晃的，幽灵般的雪花冰住他的头发，覆盖屋顶，把龌龊的老社区变成一处静谧而封冻的白色遗墟，天地茫茫，渺无人烟，除了他，只有一群奇珍异兽：白羚羊，以及象牙白胸的雪鸟；偶尔也会有人，都是些精彩人物，诸如马戏杂耍秀上的催眠师神秘先生，影星幸运儿罗杰斯，在新奥尔良老广场茶室内算命的维罗妮卡夫人。“我是在加拿大一个暴风雪夜里见到大雪的，”他说，尽管他去过最北的地方也就是弗吉尼亚州的里士满，“我们在大山里迷了路，母亲和我，那雪啊，好多好多的雪，高高地堆积在我们周围。我们整整一个礼拜都住在一个冰冷的洞穴里，我们俩一直相互扇巴掌才不至于睡过去：要是你在雪里睡过去，你很可能从此再也见不到天日了。”

“后来发生了什么？”密苏里说，怀疑使她微微眯眼。

“情况越来越糟。妈妈哭了，滚下的眼泪在她脸上冻结起来，像小小的 BB 弹，她总是冷得不行……”什么也无法使她暖和起来，上好的羊毛毯不行，埃伦调的一杯杯热棕榈酒也不行。“每天夜里，饿狼在山中凄厉哀嚎，我便祈祷……”他在车库的黑暗中祈祷，在学校的洗手间里祈祷，在尼莫戏院的第一排祈祷，连神奇的银幕上的歹徒对决都不曾留意。“雪继续下啊下，积雪堵住了洞穴口，可是，呃……”卡壳。那是一部礼拜六系列片[①]的结尾，主人公被关入一间渐渐灌满毒气的屋子。

“后来呢？”

“后来一个穿红大衣的人，一个加拿大骑警，救了我们……其实，只有我：妈妈已经冻死了。”

密苏里相当不悦地揭发了他：

“你真是个故事大王。”

---

① serial，二十世纪前半叶流行的一种电影形式，往往一系列短片会连续几个周末在同一影院播放。

“真的，我发誓。”他双手在胸前交叉。

“不不。你妈妈死在病床上。伦道夫先生说的。”

不知怎的，编这个故事时，乔尔相信其中的每一个字；洞穴、嚎叫的狼，这些比密苏里和她的长脖子，或艾米小姐，或阴影重重的厨房，都来得更加真实。“你不会跟人嚼舌根，是不是，密苏里？说我是个牛皮大王。”

她轻轻拍了拍他的手臂。“当然不会，亲爱的。你想想啊，如果我编过的故事各值二十五美分的话，我早就发啦。再说，你谎话编得不错，我就喜欢听这种。我们会处得好的：我只比你大八岁，而你又上过学。”她的声音就像融化了的巧克力，温暖而柔和，“让我们做朋友吧。”

“好的，”乔尔说，举起咖啡杯敬她，“朋友。”

“另一件事是，你叫我苏，苏是我的正式名字，别人一直都这么叫我，直到爷爷透露苏就是密苏里，就是那个圣路易斯城所在的州。他们，艾米小姐和伦道夫先生，他们太正儿八经了：密苏里这个密苏里那个，每天每日地这么叫我。嚯！你就叫我苏。”

乔尔瞅见了空子。“我父亲叫你苏吗？”

她手伸进格子布连衣裙的前襟，摸出一个小银盒。打开，取了一撮鼻烟，吸进她的宽鼻子。“忘忧粉，这是顶好的牌子。”

“他是不是病得很重——桑瑟姆先生？”乔尔紧追不放。

“拈一点儿。”她说着，伸过小银盒来。

他怕惹她不高兴，于是便接受了。姜黄色粉末火辣辣的味道教人受不了，就像魔鬼的辣椒；他打起喷嚏来，眼泪涌出来时，他难为情地用两只手捂住了脸。

“你这是笑还是哭哇，孩子？”

“哭。”他呜咽道，这几乎是实话。“这宅子里每个人都聋了。”

“我没聋，亲爱的。”苏说，听上去是真心在乎，“背会痛，肚子也会抽抽，可我没聋。”

“那为什么人人都这么古怪？天哪，每次我一提起桑瑟姆先生你就会觉得……你就会觉得……而在正午城里也……”他揉揉眼睛，瞄了瞄苏，“就像眼下，我问他是不是真病得很重……”

苏犯愁地朝窗户瞅了一眼，无花果树的叶子像一只只偷听的绿耳朵贴在玻璃上。“艾米小姐可跟你说过他不是最健康的人。”

苍蝇又嗡嗡飞回糖罐上，故障时钟的嘀嗒嘀嗒尤其响。“他是不是要死了？”乔尔问。

椅子的刮擦声。苏站起身，用井桶里的水在池子中冲洗平底锅。“我们是朋友，这不打紧，”她背对着他，头也没回地说，“不过别再跟我打听桑瑟姆先生了。艾米小姐才是照顾他的那个。问她去。问伦道夫先生去。我和桑瑟姆先生不搭界；连他的伙食都不归我管。我和爷爷，我们自己的麻烦还顾不过来呢。”

乔尔啪地合上鼻烟盒，拿在手中转着，端详它不同寻常的设计。那是一个圆盒，银质，被切割成龟壳状；一层钙玻璃下压着一只真蝴蝶，装点着盒盖；蝴蝶翅膀闪着满月那种晶莹而朦胧的橘黄光泽。那么精巧的一个盒子，他心里推想，一般的鼻烟绝对配不上它，除非是稀罕金粉、珍奇魔药、爱之砂。

“是的您哪，我们自己的麻烦还顾不过来呢。”

“苏，”他说，“这个是哪儿来的？”

她正跪在地上，一边把炉膛里的灰往外铲，一边低声骂骂咧咧。火光在她黝黑的脸上激起涟漪，金黄火点在她一双野葡萄眼睛里翩翩起舞，此时，这双眼睛狐疑地乜斜着。“我的盒子？”她说，“好久以前的一个圣诞节伦道夫先生给我的。他自个儿做的，他曾经做过许多漂亮小玩意儿。”

乔尔又惊又敬地端详着小盒；要不然他一定会认定这是从店铺里买来的呢。他不无羞惭地想起自己试着做的手工礼物：领带架、工具盒，诸如此类；它们实在是相形见绌。他宽慰自己，心想伦道夫堂弟的年纪一定比他原先设想的要大。

“我从前用它来装腮红。”苏说，伸手索要回她的宝物。她又拈了些鼻烟，然后将盒子放回连衣裙的前襟里。“不过呀，我眼见往后不会再去正午城了（两年都不曾去过），就心想可以用它来装我那忘忧粉，保持干燥。再说了，涂什么腮红呀，除非周围有好男人……这儿又没有。”她凝视着油地毡上浮动着的斑驳阳光，脸一皱，露出刻薄的神情，“那个凯格·布朗，那个对我干了坏事而落得个戴脚镣做苦役的下场的家伙，我就指望他们把他弄到这毒太阳底下去抡九十磅的大镐。”接着，像是碰着痛处，她轻轻摸了摸长脖颈。“唉，”她叹了口气，“我猜我该去照顾爷爷了：我带些玉米饼和糖蜜去，他一定饿得紧。”

她掰下一块厚厚的冷玉米饼，倒了半腌渍罐的浓稠糖蜜，乔尔在一旁漠然看着。“你干吗不做只弹弓，到外面打鸟去？”她提议道。

“爸爸大概过几分钟就会找我的，”他告诉她，“艾米小姐说她会去看看，所以我想我最好待在这里别动。”

“伦道夫先生喜欢死鸟，羽毛漂亮的那种。蹲在这黑乎乎的厨房里对你没好处。”她走了出去，光脚板毫无声响，“你来参加礼拜，听见啦？”

火，渐渐熄作灰烬，而那只坏掉的旧闹钟嘀嗒响，宛若一颗衰弱的心脏，地上的日斑扩散了、加深了；无花果叶在墙上编织的阴影膨胀成颤动着的巨影，就像海蜇的透明肌体。苍蝇掠过桌面，不安的毛足摩擦不止，围在乔尔耳边嗡嗡地唱。过了两小时，感觉像五小时的两小时，他刚把趴着的老钟的破钟面扶起来，钟表就立马停止了走动，厨房里一切活气都消失了；弯曲的指针指向三点二十分：三点，漫长得不见尽头的下午正当中的一个虚空钟点。她不会来了。乔尔用手指梳犁着头发。她不会来了，这全是骗人的花招。

他的腿因为一动不动坐了太久已经麻木，以至于他一站起来就因为血流不畅而一阵刺痛，他一瘸一拐出了厨房，在走廊上哀怨地呼唤："艾米小姐。艾米小姐。"

他撩开薰衣草色的丝绒帘幕，挪进那间阴惨的空寂华屋，朝自己漂在如水镜面上的影子移动；映出的脸走形了，只有一张大嘴、一只眼睛，仿佛一尊烧塌的蜡像；嘴唇是糊糊的线，眼睛是炯炯的泡。"艾米小姐……有人吗！"

乔尔课本上某个地方有这么一句陈述，声称地球可能曾经是个白炽球体，就像太阳；眼下，站在被炙烤着的花园里，他想起来了。他顺着宅前一条弯道，穿过交织的树障，进了花园。而这里，在蔓生的杂乱中，有些植物高过他的头顶，有些长着剃刀一般尖利的刺；晒得枯卷的松脆树叶在他谨慎的脚步下碎裂。干枯、缠结的野草齐腰高。炎夏的闷热气息、灌木的甘甜、黑土的味道是那么浓郁，熊蜂令人发痒的嗡鸣刺破满园的静。他几乎无法抬眼望天，因为那是一片纯蓝的火。园中宅墙高耸，宛如黄色峭壁，成片的五叶地锦为八扇俯视花园的窗户镶上绿框。

乔尔踩过坚韧的灌木丛，走到宅子正前方。他感到相当无聊，心想还不如玩一把“敲诈术”，秘密九人帮成员们实在无所事事时玩的一种偷窥游戏。在新奥尔良，“敲诈术”只能在日落之后玩，对玩家来说日光是致命的，因为精髓就在于摸近一栋陌生宅子，透过窗户神不知鬼不觉地往里偷看。在那些惊险的夜巡中，乔尔目睹了许多奇观，比如有天夜晚他看见一个年轻女孩一丝不挂，跟着手摇留声机的音乐跳起了华尔兹；还有一回，看见一个老太太在吹灭生日蛋糕上一片奇美的蜡烛后就一命呜呼了；而其中最令人费解的，则是两个大男人站在一间小破屋里亲吻彼此。

斯骷利庄园的客厅横跨整个一楼；用色丁流苏拴住的金色帘幕，遮住了昏暗、荒凉内景的一大部分，不过乔尔鼻子压在窗格上，还是能分辨出一圈笨重的扶手椅，像一群肥胖贵妇聚在一张茶桌周围。一张镀金的丁香色丝绒双人沙发，大理石壁炉边上一张帝王沙发，还有一座橱柜，是三件套之一，另两座看不真切，柜中瓷塑、牙扇和珍奇收藏泛着光泽。他面前的一张桌上摆着一个日本宝塔，一盏装饰绮丽的牧羊人台灯，挂坠的水晶菱从灯盏那血红的圆罩上垂下来，就像镶嵌了珠宝的冰凌。

他悄悄从窗前离开，穿过花园，走入一株柳树的斜荫里。下午宝石般的光线刺痛了他的眼睛，他浑身汗津津，就像抹了油的拳击手；这样的天气，说来，也该变了。花园外，一只公鸡在啼鸣，那声音在他听来有一种凄凉、悲伤，就像夜行火车的汽笛声。一列火车。他多么希望坐上一列火车远离此地啊。要是他能见到他父亲就好了！艾米小姐，她是一个刻薄的老婊子。继母都这德行。好吧，叫她来碰碰他试试。对天发誓，只要让他见到她，他就要骂她一顿。他是有种的。是谁一年前——到十月份就一年了——一举手就把萨米·希尔弗斯坦揍得落花流水的？可是老天，萨米是个好小子，算是吧。他想，不知老萨米这会儿在搞什么鬼名堂呢。大概正坐在尼莫戏院里往肚子里塞爆米花呢；不错，要找他得去那里，因为这会儿正是下午场，他们会放那部阴森森的电影，讲一个狂人科学家把幸运儿罗杰斯变成一只杀人魔大猩猩。这么多电影，他偏偏看不了这部。该死！眼下，假如他突然打定主意去浪迹天涯，又会怎样？拥有一架手摇风琴和一只小猴说不定也很有意思。再说了，总该有汽水仔[1]的活儿吧：任何像他这样喜欢冰激凌汽水的人都能靠这个谋生。该死！

"嗒——嗒，嗒，嗒，"他冲向五根残损的廊柱，一阵扫射。半路上，在廊柱和一丛秋麒麟之间，他发现了那口大钟。就像蓄奴年代用来召唤田间奴隶的那种；金属锈成霉绿，基座也已朽烂不堪。这可教乔尔着了迷，他像印度人那样马步一蹲，将脑袋伸进大钟口；里面挂满蜘蛛网的败絮，一只精巧的绿蜥蜴在生锈的洞壁上疾步如飞，一个打转，舌头一吐，针孔般的眼珠子瞪着乔尔，瞪得他一阵慌乱，赶忙缩回头。

他站起身来，仰望宅邸的黄色外墙，推测着顶楼哪扇窗属于他、他父亲、伦道夫堂弟。就是在此时，他瞥

① 在便利店、餐馆操作冷饮机（soda-jerking）的人。

见了那位怪异的女士。她正撩开宅邸左角窗户的帘幕，朝他微笑、点头，像在打招呼又像在表示认可；可乔尔从来就不认识这人；她模糊的脸，棉花糖般松散的五官，让他想起那波光粼粼的镜面上自己袅动的影像来。她的白发就像某个历史人物戴的假发，中间一拢灰色高耸，两侧丰盈密卷垂挂。不管她是谁，乔尔也想象不到她是谁，她的突然出现好像让整个花园陷入了恍惚：停在一株大丽花茎上的一只蝴蝶不再扇动翅膀，而熊蜂恼人的“嗡嗡”也烟消云散。

帘幕突然放下，窗前又空了，乔尔清醒过来，倒退一步，一个踉跄撞在大钟上：一个震耳欲聋的粗粝音符响起，震碎燥热的静。

3

“嘿，主啊！”跺脚。“嘿，主啊！”跺脚。“不愿在魔鬼左右……只想跟您走一程！”

苏从一台玩具似的手风琴里挤压出乐声来，在快要散架的小木屋门廊上跺着她扁平的脚丫。“噢魔鬼你哭过，噢魔鬼你叫过，因为当我走上最后一程孤单单的路，他会想念我。”一声长啸：细细一条金，在她的嘴里、那令人惊惧的火山口里闪闪发光，而那邮购来的小手风琴一伸一缩，仿佛百褶纸和珠贝做成的肺。“会想念我……”

接骨木枝上的窝巢中，报雨鸟已经吱吱喳喳播报了一阵子天气将转凉的消息，太阳被幽禁在密云的墓冢深处，贴着低空摸索过来的热带云，堆积成莽苍苍的灰色山脉。

耶苏·费韦尔坐在用旧木桶板条打造的一把摇椅里，身边围着一堆碎布拼缝的漂亮靠垫；他虔敬的假声颤抖着，如破裂陶笛之音，他还时不时地抬起两只手，虚弱、无声地拍上一下。

“……在我的一程路！”

乔尔坐在一截覆盖着毒蕈的树桩上，树桩和门廊一般高低，他的注意力游离于苏的胡闹和变幻的天气之间；那种时而昭示夏日暴雨的、千钧待发的凝固瞬间，涨满了静息的院落，在金丝银线般的神秘光亮间，盛着蕨草的锈桶环绕门廊垂挂着，一眼望去如晚宴灯笼，被一簇簇绿色内焰幽幽点亮。徘徊在月桂树干间的一阵潮润的微风，裹挟着雨水、松木、远方原野中盛放的六月花的混合清气，来了。木屋的门晃开，咣当地关上，从庄园那边依稀传来百叶窗的响动。

苏挤压出最后一句花哨的和弦，便将手风琴搁在一边。她已经给自己挺立着的头发上了蜡，换下波点颈巾，系上了一根毛边红缎带。她的白连衣裙上有十几处用什色丝线织补，耳垂上挂了一副莱茵石坠子。

“要是你口渴，又没了水，就向主祈祷，祈祷再祈祷。”她伸出手臂，像个走钢丝的人那样，踏入院子，绕着乔尔坐的树桩昂首阔步。“要是你有情郎，而情郎又远走他乡，就向主祈祷，祈祷再祈祷。”

苦楝的树冠上，风像河流那样湍急，狂舞的树叶被困其间，就如拍打着长天堤岸的碎浪，泡沫翻涌。渐渐地，大地变得仿佛淹没在幽深的水底下了。蕨草袅袅娜娜，好似水底藻群，而木屋若隐若现、神秘莫测，就像沉船巨骸，而苏，乔尔心想，凭她流水般、惹人怜爱的优雅，当是一位葬身大海的老海盗的美人鱼新娘了。

“要是你饥饿，又没了饭食，就向主祈祷，祈祷再祈祷。”

一只黄虎斑猫轻盈地穿过院落，灵巧地一跳，就上了耶苏·费韦尔的膝头；乔尔早先望见藏在花园紫丁香丛中的正是这只猫。它爬上老人的肩头，鬼精的小脸蛋摩挲着那枯瘦的脸颊，一双惊奇的黄眼睛瞪着乔尔。小个儿黑人抚摸它的斑纹肚皮时，它喉咙里呼噜噜地响。没了德比帽，耶苏·费韦尔的头颅，除了稀稀拉拉的虫蛀羊毛似的白发，简直就像一个抛过光的金属球；一件可以装下两个他的肥大黑西装松垮地披挂在他一碰就碎的骨架上，脚上一双小小的橘黄色高帮带扣皮鞋。礼拜会的气氛让他来了精神，鼻子不时在指尖呜响，鼻涕往蕨草上甩。

苏那半唱半号的乐句就像她的跺脚，时而昂扬，时而低抑；她的耳坠随着她的头晃动，射出点点光泽。“我祈祷时请听着，主啊，请听我要诉说的话……”

无声的闪电在几英里外的空中裂出曲折的光，接着又一道，这是一条雪亮的白龙，并不太远了，紧跟着爬来一片滚雷。一只矮脚公鸡急奔到檐下避难，鸦阵的三角形阴影划破天空。

“我冷，”耶苏没好气地埋怨道，“碰到雨天腿就肿。我冷……”猫儿蜷缩在他腿上，小脑袋歪倒在他膝头，就像一朵蔫了的大丽花。

苏的金牙一闪一闪，突然教乔尔的心像一块石头，在胸腔哐当猛晃，因为这让他想起某个忽明忽暗的霓虹招牌：R. R. 奥利弗殡仪馆。一暗。R. R. 奥利弗殡仪馆。一暗。“实在俗不可耐，不过他们收费倒还不算太离谱，”埃伦是这么说的，那时她正站在玻璃橱窗跟前，橱窗里一簇扇形的剑兰被霓虹灯照得惨白，闪亮的字母不遗余力地宣传着通往天国和荣华的廉价而体面的卧铺配置。眼下在这里又是如此，他锁了门又丢了钥匙：到处都是算计他的阴谋，即便他父亲都跟他过不去，即便上帝也是如此。这其中有谁在恶劣地捉弄他。只是他不知去怪谁或怪什么。他觉得自己孤立无援，不知自己是谁，只是烂树桩上蹲着的一个石头孩子：他和瀑布般流泻在地面上的大片接骨木树叶、和庄园那陡直而精美的飞檐，都不存在任何联系。

“我冷。我想上床捂起来。风暴要来了。”

“等一等，别急，爷爷。”

接着发生了一件不同寻常的事：苏仿佛在遵循某张寻宝图的指向，朝一丛不起眼的玫瑰有节奏地迈了三步，随后蹙眉望天，扔开系在脖子上的红丝带。一条细细的疤痕环绕着她的脖颈，有如一圈紫色金属丝绕成的项链；她的手指顺着疤痕轻轻抚摸。

“等到凯格·布朗该走的时候，主啊，请您把他变成癞皮狗，没人理睬的老狗：教冤魂追杀的狗。”

仿佛有一只凶暴的鹰俯冲下来抠去了乔尔的眼皮，

迫使他盯着她的脖颈。苏。兴许她和他一样，这个世界也跟她过不去。不过，万能的耶稣啊，他可不想落下这么一条疤痕。但是当这一头尽是骗局、另一头尽是危险时，你还有什么路可走。没路可走。没有。一阵冰凉爬上他的脊梁。雷声在他头上訇然炸响。大地在震颤。他跳下树桩，朝宅子方向跑，他松开的衬衫后襟在他背后飘扬；快跑、快跑、快跑，他的心告诉他，接着，哗喳！他一头扎进一丛荆棘。这一跤跌得实在太离奇。他明明看到了这片荆棘，知道它挡道，然而竟自己跳了进去，好像故意的一样。荆棘似乎把他从迷乱和苦闷中刺醒了，就像在狂热邪教中通过据说是自残的手段把恶魔从灵魂中赶走。望见搀扶他站起的苏脸上的那种关切，他觉得自己很傻：说到底，她是他的朋友，没必要害怕。“唉，不听话的淘气孩子，”她一边好声好气地说，一边拔走他马裤上的刺，“你怎么这么乱来呢？啊，真是伤了我和爷爷的心哪。”她拉住他的手，带他走上门廊。

“嘿嘿嘿，”耶苏笑声尖厉，“我那样一跌，就跌个粉身碎骨喽。”

苏挽起手风琴，倚着一根门廊柱，接着，便漫不经心地拉出一支断断续续的、不和谐的调子。而她爷爷，则像个失望的小孩子央告般嘟嘟囔囔，重复着他那一肚子的牢骚：他冻得要死啦，但有啥关系呢；他是死是活谁会在乎？可为什么苏不能给他掖好被子、别再折腾他了呢？他已经做完安息日祈祷了呀。噢，这个世上确有狠心人呀，会干狠心事呀。

“别作声，低下头，爷爷，”苏说，“我们得正儿八经地结束这礼拜会。我们要告诉他我们的祈求。乔尔，亲爱的，低下头。”

门廊上那三人是一幅木刻版画上的人物像；耄耋老者坐在华丽靠垫砌成的宝座上，一只黄色宠物在他腿上歇息，阴沉地望着在日光浸润下倾倒在它主人脚前的小侍从，而那箭一般的黑姑娘双臂高举，就像在祈愿恩赐。

然而乔尔心里却没有祈愿；更确切地说，没有仅凭一张言语之网就能捕捉的祈愿，因为他从前的一切祈愿都是简单、具体的要求：主啊，赐我一辆自行车，一把七刃小刀，一盒油彩。只是怎么、怎么，你才能诉说一个如此不着边际、如此意义不明的祈愿呢：主啊，让我被爱吧。

“阿门。”苏低声说。

而此刻，就像飞快地吸了一口气，雨来了。

4

“难道我们不能更详细一点吗？”伦道夫说着，懒洋洋地倒了一杯雪利酒，“她胖吗、瘦吗、高吗？”

“说不准。”乔尔道。

夜晚的室外，雨冲刷着屋顶，发出细密而倾斜的声响，煤油灯在最幽暗的角落编织着片片柔光，而厨房窗户有如金色镜面，映照着屋中景象。至此，乔尔在庄园的第一顿晚餐进行得算是相当不错。他觉得和伦道夫相处还挺自在，每次碰上对话的空隙，伦道夫都会引出教一个十三岁男孩感兴趣或者感觉良好的话题来，乔尔发现就这些话题他都能发表长篇大论（在他自己看来）：火星上有人类居住吗？你以为埃及人到底是怎么把人做成木乃伊的？猎头人还在活跃吗？还有其他充满争议的话题。多少是因为喝了太多雪利酒(不喜欢那味道，但实在是希望大醉一场……这样他不就可以给萨米·希尔弗斯坦大书特书一番了！……三杯酒灌进了肚皮）他才提起了那位女士。

“炎热，”伦道夫说，“将头暴露于日晒之下有时会引起轻度幻觉。哎呀呀，的确如此。有一次，多年以前，我在花园里透气时，就分明看见一朵向日葵变成了一张男子的脸，一位骁勇好斗的小拳击手的脸，那人我一度迷过，墨西哥人，名叫佩佩·阿尔瓦雷斯。”他若有所思地抚摸着下颌，皱了皱鼻子，似乎在表示这名字对他来说别有一番意味，“惊心动魄的体验，我于是剪下那朵向日葵，压在了书里；哪怕现在碰见它，我想……不过这无关紧要。是太阳，我肯定。艾米，最亲爱的，你认为呢？”

艾米正对着她的饭沉思，她抬起目光，看上去颇为惊讶。“我不要添了，谢谢。”她说。

伦道夫假装生气地蹙了蹙眉：“又像平常一样，采健忘草的小小蓝花去了。”

她细窄的脸因为高兴而变得柔和起来。“伶牙俐齿的鬼东西。”她说，不加掩饰的怜爱点亮了她犀利的小眼睛，令它们在一瞬间几乎变得美丽了。

“那么，从头开始。”他说，接着打了个饱嗝（“请原谅我[1]。黑眼豆，你们知道，最难以消化了”）。他斯文地拍拍嘴唇：“我说到哪里了，噢是的……我们并没在庄园里藏匿鬼魂，可是乔尔不信。”

“我不是这么说的。”乔尔抗议道。

“是密苏里的叨咕，”这是艾米冷静的看法，“全然一派黑鬼的胡扯淡，那姑娘。还记得她曾经把庄园里每只鸡的脖子都扭断了吗？噢，一点不好笑，不要笑。我有时会想，倘若她觉得他的魂灵附上了我们中的某个人，不知会闹出什么事来。”

“凯格？”乔尔说，“你是说凯格的魂灵？”

“慢着！”伦道夫喊道，像个老太太那样憋着气，拘谨一笑，“都已经知道啦？”

“我不认为那有什么好笑的，”乔尔忿忿然道，“他对她做了坏事。”

艾米说：“伦道夫只是在插科打诨。”

---

① 原文为法语。

“你在污蔑我，天使。”

“那不好笑。”乔尔说。

伦道夫举起玻璃酒杯转动着，眯起一只眼睛，细细观赏雪利酒中旋转而出的琥珀光泽的轮辐。“不好笑，哎呀呀，不。但是那故事倒是有某种诡异的意味呢：你有兴趣听听吗？”

“真是毫无必要，”艾米说，“这孩子心智够不健全的了。”

“所有孩子都心智不健全：这是他们的一大长处。”伦道夫接了句，然后继续往下说，“这件事发生在十多年前，在一个寒冷的、非常寒冷的十一月。那时有一个健壮的年轻人，身段匀称得不得了，皮肤是沼泽蜂蜜的色泽。”伦道夫声音中某种异常的特质从一开始就让乔尔不安，不过这时候他才弄明白那到底是什么：伦道夫说话不带任何口音，他懒洋洋的声音里找不到任何地方性的缺陷，然而其下却有一种情绪暗流，一种讥诮、不屑的调子，赋予了那声音相当强烈的个性。

“他呢，不过，稍微有些弱智。弱智的人、神经质的人、罪犯，或许还有艺术家，大都变幻莫测，有一种病态的天真。”他的神情变得自大而清高，就好像他认为自己发表了一通高人一等的见解，所以必须停下来，首肯心折地谛听它在自己头脑里的回声。“让我们把他们和中式箱笼做个比较吧：就是那种，记得吗，打开一层又是一层，一层又一层，一层又一层，直到最后，你终于见到最里面那只……插销一碰，箱盖弹开，露出……何等意外的宝藏。”他懒洋洋一笑，啜了一口雪利。接着从他太妃糖颜色的丝绸睡衣的胸袋里摸出一支香烟，划了一根火柴。那支烟有一股怪异的药味，就像烟草曾在酸性药草汤汁里浸泡多时：那种气味让人联想到哮喘病肆虐的住宅。当他皱起嘴唇吐出一个烟圈时，他那张扑了爽身粉的脸突然之间也变得完整了：现在看来那脸上除了圆圈什么都没有，虽说不肥，却圆似硬币，光滑、无毛；他的双颊染了两团滚圆而不均匀的粉晕，而他的鼻梁像塌了似的，仿佛曾经被怒拳揍了一记；卷发，金黄金黄的，柔细的黄圈稚气十足地垂满额前，而他分得很开的、女人气的双眼就像天蓝色的大理石。

“他们彼此相爱，凯格和密苏里，我们就在这里举行了婚礼，新娘浑身上下是家传的蕾丝……”

“和白人姑娘一样漂亮，我说呀，”艾米道，“漂亮得像一幅画。”

乔尔说：“可如果他是个疯子……”

“她从来不是个说得通道理的人，”伦道夫叹气道，“才十四岁，当然还是个孩子，却固执得不行：她要结婚，就结婚了。他们度蜜月的那个礼拜，我们在这栋宅子里拨了一间屋借给他们，让他们用我们的院子，招待朋友开了一回露天炸鱼聚会。”

“我爸……他参加婚礼了吗？”

伦道夫往地上弹着烟灰，一脸茫然。“可是有一天夜里，非常晚……”他倦怠地垂下眼帘，一根手指绕着酒杯边沿滑动，“我们听见密苏里尖叫时，艾米，你是不是碰巧还记得我正做着的那件极具独创性的事？”

艾米吃不准自己到底是记得还是不记得。毕竟，十年是相当长的一段时间。

“我们就像这样，坐在客厅里，没回想起来？我便说：是风。当然，我知道那不是。”他顿了顿，把脸颊吸得凹陷，好像那段记忆实在太有趣，以至于他没法板着脸。他一根手指瞄准乔尔，然后竖起大拇指：“于是，我就往自动钢琴里放了一圈打孔纸卷，它便弹起了《印第安爱之呼叫》[①]。”

“何等甜蜜的一支歌，”艾米说，“真是悲哀。我不明白你为何再也不许我用那台自动钢琴。”

“凯格割了她喉咙。”乔尔道，一阵慌乱涌上心头，伦道夫的叙述转了一个奇怪的弯，教他跟不上；就好像要解密一个用听不懂的外国话讲的故事，而他最恨这种被排除在外的感觉了，好歹刚刚才对伦道夫产生了一份亲近感。“我看见了她的疤痕，”他说，为引起注意几乎大喊，“那就是凯格干的。”

“噢是的，绝对。”

“是这样的，”艾米哼唱道，“当我呼叫你呼嘚哒嘟嘚哒……”

“……从这耳朵到那耳朵：毁了一床玫瑰花褥子，为这褥子，我田纳西的太姑母一针又一针，差一点缝瞎了眼珠子。”

“苏说他现在成了脚镣苦役犯，她巴望他永世不得

①“Indian Love Call”，1924 年的著名百老汇音乐剧《罗丝玛丽》(*Rose-Marie*) 中的经典曲目。

逃脱：她向主祈祷让他变成一条老狗。”

“你应和不应和哒嘚嘚哒……调子不太对头，是不是，伦道夫？”

“有点跑调。”

“可该怎么唱呢？”

“一点都不知道，天使。”

乔尔说：“可怜的苏。”

“谁都可怜。”伦道夫说，懒洋洋地又斟了一杯雪利。

贪婪的飞蛾将翅膀贴伏在煤油灯盏的烟道上。炉灶附近，雨水从屋顶罅隙渗进来，以沉闷的规整节奏一滴一滴掉进一个空煤斗。“如果你去摆弄里面那只最小的盒子，就会出这种事情。”伦道夫点评道，他那香烟的酸雾旋向乔尔，乔尔轻轻挥手，将其驱走。

“我实在希望你容许我放自动钢琴，”艾米怅然道，“我估计你没意识到我有多喜欢它，它给我多大的安慰。”

伦道夫清清嗓子，咧嘴一笑，双颊凹出酒窝。他的脸就像一个溜圆、熟透的桃。他比他堂姐要年轻得多：

这么说吧，大致在三十五岁左右。“可我们还没驱走诺克斯老爷的鬼魂呢。”

“那不是什么鬼魂，”乔尔嘀咕道，“根本不存在什么鬼魂：是一位活生生的女士，而且我看见她了。”

“那么，她是什么模样呢，亲爱的？”艾米说，她的口吻表明对这么不着边际的事她是无法集中心思的。这让乔尔想起埃伦和自己母亲来：当她们对他说的事情满腹狐疑时，也会使用这种特殊的漠然口气，之所以容他说下去，只是求个太平罢了。他那种动不动就觉得自己干了坏事的老毛病又犯了：一个撒谎精，这正是这两个人——艾米和伦道夫——的看法，一个天生的撒谎精。而正因相信如此，他便开始窘迫不安地描述起详情来：那女士，她有一双魔鬼的眼睛，狂野的女巫眼睛，冰冷、森绿，如北极的海底；她和冰雪女王是孪生姐妹，脸庞苍白、霜寒，是冰雕的，白发高盘头顶，像一个婚礼蛋糕。她伸出一根弯曲的手指宣唤他过去，宣唤他……

“乖乖，”艾米说，一小口一小口啃着一块腌西瓜，“你果真见到了这么一个人！”

说话的时候，乔尔留意到她堂弟那种被逗乐的表情，这让他感到不安：早先，他第一次平铺直叙时，伦道夫从头到尾听得无精打采，就像在听一个老掉牙的笑话，因为，不知怎的，他像是已经对这些事实心中有数。

“你知道，”艾米慢条斯理地说，腌西瓜停留在嘴与盘子之间，“伦道夫，你是不是已经……”她顿了顿，眼睛向旁一溜，对上那张光滑、愉悦的桃子脸，“好吧，那听上去倒真像是……”

伦道夫在桌底下踹了她一脚；这小动作真是高明，若非艾米反应过激，完全可以瞒过乔尔。但她猝然往后弹去，仿佛座椅遭闪电一震，并且，用那只戴了手套的手遮住双眼，发出一声惨叫：“蛇一条蛇我还以为是一条蛇咬了我爬到桌下咬了我一只脚你这傻瓜绝不宽恕咬了我我的心一条蛇……”一遍遍重复，那些字句便开始押韵，在墙与墙之间嗡鸣，墙上蛾子的巨影颤动。

乔尔的心里变得一片空；他觉得自己马上就要尿在裤裆里了，他想跳起来跑掉，就像在耶苏·费韦尔家那样。只是他不能这么干，这次不行。他死盯住厨房窗户，窗上无花果树叶啪嗒啪嗒透露潮湿的风声；他使出浑身解数寻找那遥远的房间。

“马上给我停下来。”伦道夫命令道，毫不掩饰他的厌恶。可看到她无法克制自己，他便伸过手去，照她嘴上掴了一巴掌。随后她的动静渐渐小了，变成抽噎。

伦道夫关切地抚了抚她的手臂。“好些了吗，天使？”他说，“哎呀呀，你可把我们吓得不轻。”他瞥了乔尔一眼，又加了一句：“艾米神经非常紧张。”

“非常非常，”她表示同意，“因为我还以为……但愿我没惊着这孩子。”

可是乔尔房间的四壁太厚实，以至于艾米的声音无法穿透。眼下有很长一段时间他都找不到那个遥远的房间；它总是很难找，但从来没像去年那么难找。所以，与他的朋友们重逢真是好。他们都聚在这里，包括神秘先生，他身披深红斗篷，头顶饰有翎毛的西班牙帽，脸夹闪闪发光的单片眼镜，所有牙齿都由金子打造：实乃一位高雅绅士，尽管总是从嘴角抖出冷厉言辞。而且还是一位艺术家，一位魔术大师：他每年在新奥尔良市中心的歌舞杂耍秀上做两次表演，使出各种各样的诡异招数。他们就是这样成为好哥们儿的。有一回他从观众席中挑中乔尔，邀他登台，从他两只耳朵里凭空扯出一篮棉花糖来；从此以后神秘先生成了另一间房里最受欢迎的客人，仅次于小安妮·萝丝·库珀曼。安妮·萝丝是你能见到的最最可爱的小人儿。她有一头乌黑头发，真正的波浪。礼拜天，她母亲总是让她披上一身雪白，雪白到袜子。实际上呢，安妮·萝丝自命不凡，又飞扬跋扈，全然不把他放在眼里，不过在这遥远的房间里，她可人的声音叮当作响："我爱你，乔尔。爱你一千遍一万遍啄一下搂着脖子说上千万遍。"还有个别的什么人物，几乎没一次不露面，只是几乎每次都以不同面目出现罢了；也就是说，他每次都穿戴各种不同的戏服，伪装成不同的人，有时是马戏团的大力士，有时是腰缠万贯的百万富翁，可他的名字总是爱德华·Q.桑瑟姆。

伦道夫说："她要寻求报复呢：出于善心，我就忍受自动钢琴地狱般的几分钟吧。乔尔，亲爱的，你是否介意帮忙打着灯？"

当提起的灯盏穿过廊道移向客厅时，神秘先生和小安妮·萝丝·库珀曼，就和厨房一样，都隐入黑暗之中了。

拉格泰姆[1]的手指在直立钢琴泛黄的琴键上幽灵般起舞，《乘风破浪》狂欢的旋律轻轻震动着枝形烛台垂坠的水晶棱镜。艾米坐在琴凳上，摇动一把从古董柜中取出的蓝色蕾丝折扇，为自己小小的白色脸蛋降温，眼睛死盯住机械敲击着的自动钢琴琴键。

“这是游行歌，”乔尔说，“我坐过一回忏悔节的花车，打扮成中国佬，拖着一根又长又黑的辫子，只是有个醉鬼将它拽了下来，当街就拿它抽打他女朋友。”

双人沙发上，伦道夫朝乔尔缓缓挪近。他在睡衣外面罩了一件泡泡纱蝴蝶袖和服，肥厚的脚套在一双雕花皮凉鞋里：露出来的脚指甲闪着精心护理过的光泽。靠近的话，能闻到一股若有若无的柠檬气味，而他那张无毛的脸看上去不比乔尔年长多少。他直勾勾地盯着前方，摸索到乔尔的一只手，然后将彼此的手指扣在一起。

① ragtime，一种发源于非裔美国人社区的音乐风格。其主要特点是切分音的使用。

艾米啪的一下满怀责备地收拢扇子。“你还从来没谢过我。”她说。

“为了何事呢，心肝宝贝？”

和伦道夫手握手有一种说不分明的别扭，乔尔的手指僵硬起来，起了冲动，想将指甲扎进那热而干的手掌；并且伦道夫还戴着一枚戒指，卡在乔尔的指关节间弄得他生疼。这是一枚女式戒指，尖锐的银爪镶住一块带烟灰的彩虹蛋白石。

“哎，羽毛，”艾米提醒道，“冠蓝鸦的漂亮羽毛呀。”

“真是漂亮。”伦道夫说着，送了个飞吻。

她满意了，又撑开扇子，一个劲儿地扇起来。她背后，枝形烛台微微震颤，被自动钢琴的参差敲击抖落的一瓣瓣丁香散了一桌。没有烧火的壁炉炉床边搁着灯盏，光影摇曳，如时明时灭的灰色火焰。“这是第一个还没蟋蟀登门拜访的年头，”她说，“每年夏天，总有一只躲在壁炉里，一直唱到秋天：记得吗，伦道夫？安杰拉·李从来不允许我们把它弄死。”

乔尔吟道：“竖起耳朵，草丛中蟋蟀放声鸣叫；仔细听听，榛树上它们唱小夜曲。”

伦道夫朝前一倾。“好一个迷人的男孩子，小乔尔，亲爱的乔尔，”他轻声说道，“稍稍试着在这里活得开心起来，试着喜欢我，好吗？”

乔尔对称赞习以为常，脑子里也会臆造出此类言辞，但如此这般的大白话却让他生出一种不安：他是不是被嘲弄了、被取笑了？于是他朝那双天真的滚圆眼睛发出疑问，却看见自己那张孩童的脸聚焦在里面，就像聚焦在双反相机的镜头里。艾米的堂弟是真诚的。他低头看着那枚蛋白石戒指，既感动，又歉疚，自己竟会生出用指甲扎伦道夫手掌的坏念头。“我已经是喜欢你的了。”他说。

伦道夫微微一笑，捏了捏他的手。

“你俩在说什么悄悄话？”艾米酸酸地说，“我宣布，你们相当无礼。”突然之间，自动钢琴静了下来，颤动的烛台也不动了。“我可不可以放别的曲子，伦道夫，好不好啊？”

“我觉得我们已经听得够多了……除非乔尔有意再听一曲。”

乔尔按兵不动，掂量着自己的权力；可接着就想起了这个悲惨、孤独的下午来，便恨恨地摇头否决。

艾米噘起嘴来。“……这是最后一次让你羞辱我。”她告诉伦道夫，怒气冲冲地走到古董橱柜跟前，把蓝扇子摆了回去。晚餐之前，乔尔已经审视过柜中藏品，并觊觎其中的几件宝贝，比如一尊腆着翡翠胖肚的佛陀，一条瓷塑的双头鳄鱼，一张一八六二年的里士满舞会节目单，上有罗伯特·E. 李将军的亲笔签名，一个身披战氅的印第安小蜡人，还有数幅以长毛绒镜框装裱的微型油画，画着蓄反派小胡子的刚健美男子，笔法工细。“这家是你的，我完全明白……”

然而此时，一个怪异的声音打断了她：那噪声就像一颗过大的雨滴孤零零地一砸，咚咚咚咚滚下楼梯。伦道夫心神不定地挪了挪。“艾米。”他说，接着意味深长地咳嗽一声。她没动弹。“是那位女士吗？”乔尔问，不过他俩都没回答，而他后悔自己喝了雪利酒：如果他不使劲集中心神，客厅看上去就好像是倾斜的，就像庞恰特雷恩湖畔疯宅中那个七倒八歪的房间。那咚咚的敲击停了，一时寂然无声，接着一个寻常的红色网球静静地滚过拱门。

艾米屈膝将它捡起，托在戴手套的手中，举着仔细端详，好像那是个水果，她在查看有没有长虫子。她和伦道夫交换了一个焦虑的眼神。

“要我随你一起去吗？”她匆忙赶出去时，伦道夫说。

“待会儿吧，等你安顿了那孩子上床。”她的脚步在黑色扶梯上回荡；头上某处门闩咔嗒一响。

伦道夫转向乔尔，一副欢欣鼓舞的模样：“你玩不玩帕克兄弟十字戏[1]？”

乔尔还在纳闷那个网球。最终，他得出结论，最好就把一个网球从天而降滚进你房间当作天下最稀松平常的事。他想大笑。但这并不好笑。他不能相信事情竟成了这样：发生的事和他期待的事，差得太多。就好像你买票去看一场西部歌舞杂耍秀，结果却撞上了一部愚蠢的爱情片。要是发生那样的事，他会觉得上当了。而眼下他就是觉得自己上当了。

“或者我来替你占卜？”

乔尔抬起一只攥紧的手；肮脏的手指如绽放的花瓣

---

① parcheesi，一种桌上游戏。

舒展开来，手掌的粉红间点缀着汗珠。曾经，他认为占卜是一个何等理想的职业，于是便从纽约市的一家公司邮购了一本名叫《占卜之术》的册子，作者号称吉普赛人，封套上装点着他假惺惺戴着耳环的照片；可是，乔尔手上缺钱，不得不中断了这项目，因为，要成为一名货真价实的占卜师，照这样子下去，他得买进数量可观的昂贵器材。

“所——以呀，”伦道夫将乔尔阴影里的那只手挪向灯光，沉吟道，“我看见出海远行、历险奇遇、与洛克菲勒家族的美丽千金联姻的可能，这是否很重要呢？未来对我来说出奇地乏味：许多年前，我就开始意识到我的生命属于另一个时代。”

“可我想知道的是未来。”乔尔说。

伦道夫摇摇头，那双凝视着乔尔的、懒洋洋的天蓝眼睛，冷静而严肃：“你难道从来没听见过智者如是说：一切未来皆存在于往昔之中。”

“至少容我提一个问题？”乔尔不等容许，便说：“我想知道的就两件事，一是：我什么时候能见到我爸爸？”幽暗客厅的寂静似乎在回响，什么时候？什么时候？

伦道夫轻轻放掉那只手，呆板的笑让他的脸僵硬起来。他站起身，踱到一扇窗前，宽松的和服衣袂飘飘；他像中国佬那样两只手臂盘在蝴蝶袖里，一动不动地站着。“等你安顿下来。”他说，“另一件？”

眼睛闭上：一汪晕眩的金星。睁开：一间扭曲倾斜的房间，两个身披和服、金黄卷发的人影顺着失衡的房间来回滑动。“我看见那女士了，她是真人，是不是？”可这不是他本来想问的问题。

伦道夫打开窗户。雨已经停了，夏季湿润的暗暝中蝉声大作。“是一个观点问题罢了，我以为，”他说，打了个哈欠，“我对她相当了解，而在我看来，她就是个幽灵。”晚风从花园吹进来，舞动帷幔，如褪色金旗翻卷。

5

礼拜三，用过早餐，乔尔把自己关在自己的房间里，开始发愁写信这件难事。这是个闷热的早晨，而庄园似乎太静、太寂，一如平常，虽说紧闭着的门背后时不时响起伦道夫生病的咳嗽声。一只肥大的马蝇朝红酋长拍纸簿俯冲下去，上面乔尔潦草的字迹龙飞凤舞：在学校里，这种随心所欲、毫无章法的风格让他书法课得了 F。他扭了扭身子，转动手中铅笔，有两回搁下笔来，往瓷尿壶里小便，粉红屁股蛋的丘比特抱着水彩色的常春藤和紫罗兰花束，很艺术地缀饰着瓷尿壶；终于，第一封信，致他的好朋友萨米·希尔弗斯坦的，写完了，行文如下：

你会喜欢我现在住着的宅子的萨米因为那是一栋很棒的宅子而且你也会喜欢我爸爸因为他知道有关飞机的一切就像你一样。不过他看上去跟你爸爸不大一样。他不戴眼镜也不抽雪茄，不过像神秘先生一样个子很高（要是神秘先生今年夏天光临尼莫戏院务请写信详述一切）而且也抽烟斗也很年轻。他给了我一把点二二，等冬天来了我们就去猎负鼠，吃炖负鼠肉。我希望你能过来看看我，因为我们一定会一起度过一段非常快乐的时光。有一件事是我们可以干的，就是和伦道夫堂弟一起喝个醉。我们喝酒精引料（错别字？）而且他有趣得很。肯定和新奥尔良不一样，萨米。在这里我们这般大的人就是大人了。你欠我二十美分。要是你肯答应每礼拜写信告知一切新鲜事，我可以不计较这笔债。向伙伴们问好，记得写信给你朋友……

他一挥笔，郑重其事地换了新的落款样式：J. H. K. 桑瑟姆。他大声地念了好几遍；它听来具有一种高贵的、成年人的意味，是一个能让他马上联想到以诸如将军、法官、州长、医生的荣耀头衔为后缀的名字。J. H. K. 桑瑟姆医生，著名的手术专家；J. H. K. 桑瑟姆州长，人民的选择（“你好，典狱长，敝人是州长，打电话告诉你一声我给予苏·费韦尔死缓了”）。当然全世界和全世界人民都会拥戴他，还有萨米，嗯，萨米可以卖掉这封旧信，换个几千美金。

可是当他检查每个草体字母有没有缺胳膊少腿时，他忽然意识到自己写的几乎全是谎话，大谎一个接一个，就像厚厚的糖浆，倒得满纸都是。全都经不起解释。他所说的这些事情，本该是真实的，但却并非真实。在家时，埃伦总是在不停地发表不入耳的建议，可眼下他希望自己闭上眼睛再睁开就能见到她站在眼前。她会知道该怎么办。

他的铅笔疾走如飞，以至于单词连在了一起：非常抱歉他没能更早写信，他希望埃伦过得还好，孩子们也好……他想他们大家，他们想他吗？“这里很好。”他写道，可一阵刺痛袭上心头，于是他站起来，在房间里走来走去，双手神经质地对捶着。他该怎么跟她说呢？他走到窗前俯视花园，那里，除了耶苏·费韦尔的那只公猫在柱子的废墟前踱步，似乎什么都静滞了，像画出来似的：慵懒的垂柳在早晨的阳光里没投下任何阴影；锤揲过的召唤奴隶的大钟被捂在高草丛中。乔尔摇摇头，像是要晃出个头绪来，接着便回到桌前，生气地划掉了“这里很好”，写道：“埃伦，我恨这个地方。我不知道他在哪里，而且谁也不肯告诉我。我说我还没见到他你能相信吗埃伦？真的；艾米说他病着可我一个字也不信因为我不喜欢她。她看上去就像住在街的另一头那讨厌的阿蒂小姐，总是毫无必要地吵吵。还有一件事，这里广播节目、电影、报纸上的连环漫画什么都没有，而且你想洗澡的话你得去井里打水放满澡盆。我弄不懂伦道夫是怎么将自己搞得这么干净的。我还算喜欢他。可我一丁点儿也不喜欢这里。埃伦妈妈有没有留下足够的$让我可以远走高飞去一个可以住宿的学校？比如军校。埃伦我想你。埃伦请告诉我该怎么办。爱你的乔尔上，无数个吻。”

他感觉好了些，心也稍宽了点儿；随你怎么说，但埃伦从来没让他失望过。他感觉好极了，将信纸塞进信封，竟开始吹起口哨来，调子还是双胞胎教他的呢：北风呼呼起，飞雪就要到……她叫什么名字来着？还有另一个，那假小子？馥洛拉蓓尔和艾达蓓尔。他没理由要一整天闷在这里：她们不是向他发出过邀请吗？馥洛拉蓓尔和艾达蓓尔和乔尔，他这么想着，口哨吹得愈发快活，愈发响亮。

“那边安静些，”隔墙传来伦道夫闷闷的抱怨，“我病得要命了，要命了啊……”被一阵猛咳打断。

哈哈！伦道夫自个儿投湖去吧。哈哈！乔尔一边在心里哈哈大笑，一边朝那个古董衣柜走去，装有他的子弹、冠蓝鸦羽毛和共计七十八美分钱硬币的漆盒，就藏在最底下的抽屉里。由于他没有邮票，他估计在乡村免费邮递信箱里放上六美分现金应该也是合法的。他用卫生纸包了一枚五美分、一枚一美分的硬币，取了信，走下扶梯，仍吹着口哨。

在楼下的信箱边，他碰上了苏，她不是一个人，而是站在那里跟一个子弹头脑瓜的矮个儿黑人说着话。那是林隐小福星。乔尔之所以知道，是因为礼拜一晚饭时，小福星来了，在外面敲着厨房玻璃窗；他是来看望伦道夫的，因为他们两个，如伦道夫所说，“是要好的朋友”。他客气透顶，这小福星，还给全家带了礼物：一桶沼泽蜂蜜，两加仑私家酿酒，还有一个松针和卷丹百合编织的花环，被伦道夫顶在头上整晚信步宅中。虽说小福星住在漆黑的林子里，虽说他有些隐士做派，而大家都知道隐士尽是些满腹坏水的疯子，可乔尔并不怕他。“小福星，他比大多数人都清醒得多呢。”苏说，“说句实话，亲爱的，要是我的脑子有个脑子样，唉，我就立马嫁他。”只是乔尔压根无法想象这样一段姻缘；首先，小福星太老了，诚然没老成耶苏·费韦尔那般，但还是老。而且还丑。他一只眼睛有白内障、水晶体泛蓝，几乎不剩一颗牙，还散发着一股难闻的气味：他在厨房时，艾米将戴手套的手当作手帕香囊，一直捂着鼻子，直到伦道夫把他强行带入自己房间（那里传出醉醺醺的对话声，直到天明），她才如释重负吁出一口气。

小福星抬起一只手臂。“快，孩子，划个十字，”他用长号似的声音说，“因为你在大白天撞见了我啊。”乔尔感到敬畏，划了个十字。一个微笑从林隐布满皱纹的厚唇边荡漾开去。“转个圈儿，孩子，你就有福喽。”

而此时，苏正想掩藏林隐往她那长颈鹿脖子上系的一根项链似的饰品，却没成功。当乔尔开口发问“你戴着的是个什么，苏？”时，她显得很是局促不安。

“似一枚护身符。”林隐主动说，得意扬扬。

“嘘，别讲，”苏马上一声喝，“刚刚告诉我要是我到处跟人讲就不灵了。”她转向乔尔：“亲爱的，我指望你最好走开点，和这人有事说呢。”

好吧，要是她这么觉得。而她本该是他的朋友呢！他阔步走向信箱，竖起红旗[①]，放入自己的信，把卫生纸包着的硬币当作镇纸。之后，凭记忆判定了双胞胎家的大致方向，他便脚步沉重地上路了。

他贴着路沿，走在迷迷蒙蒙的林荫里，脚边沙尘起旋。乳色玻璃似的空中是一轮白日。路经一条裹挟着林中沁凉的潺潺浅溪，他停下来，忍不住想脱下箍脚的鞋，去蹚一蹚那上有湿漉漉的树叶打转、下有卵石卧底的漩涡，但就在这时他听见有人喊他的名字，这把他吓了一跳。一扭头，见是小福星。

---

① 信箱箱体侧面的红旗竖起表示有需要寄出的信件。

林隐蹒跚前行，将整个身体都压在一根山核桃木拐杖上；这根拐杖他总是不离身，即便乔尔看不懂有什么必要，因为林隐的两条腿虽说罗圈得厉害，但似乎不见什么毛病；他的臂膀真叫长，手指及膝。他穿了一条褴褛的连体工装裤，没上衣，没帽子，没鞋子。“我万能的上帝呀，你跑得可真快，孩子，”他说，喘着气赶上来，“不然就似我不习惯这大白天；我怎么也不会出门的，要不是苏要那护身符要得急呢。”

乔尔意识到他这是故意激发自己的好奇心。因此他佯装不感兴趣的样子。这下，正如他所料，小福星便自顾自继续说：“似一枚护身符，保管教倒霉事不发生；我自个儿用青蛙粉同乌龟骨做的。”

乔尔放慢了脚步，因为那林隐慢得像个瘸子；从某些方面来说，他就像耶苏·费韦尔：真的，没准就是他兄弟。不过他丑陋的大宽脸上有一种那老人没有的精明狡黠。“小福星，”他说，“你肯替我做一枚护身符吗？”

林隐吮了吮没牙的牙床，浑浊的蓝色眼睛里阳光黯淡：“有好多种护身符呢，爱情符，金钱符，你说的是哪种？”

“苏的那种，”他说，“教所有倒霉事都不发生的那种。”

“狗才当真呢。”林隐嚷嚷着，当路站定。他用拐杖猛戳路面，摇晃着大光脑袋：“你小小年纪会有啥倒霉事呀？”

乔尔的目光飘过拄着拐杖左摇右晃的丑老头，投向路沿的松树间。“我不知道，”他说，接着目光落到林隐身上，想教他明白这枚护身符有多么要紧，“求你了，小福星……”

而小福星呢，沉吟良久，这才将脑袋稍稍偏了偏，表示可以，护身符是可以做一枚的，不过：“你得自个儿来取，因为说不上啥时候小福星才会再走这条路呢。再说了，是这样的，除非你在最需要的时候戴着，不然倒霉符是不灵的。”

可乔尔怎么找到林隐住的地方呢？“我准会迷路的。”他表示，他们继续往前走着，周围尘土飞扬，太阳转向正午。

“不会，你不会迷路的；人找小福星，有鬼给引路。”他拐杖朝天，指向一朵鲨鱼状的浮云，“看那边，”他说，

“它往西走，会走过溺水湖，一旦你走到溺水湖，就不会错过酒店啦。”

乔尔听说过的隐士尽是些既不友好也不言语的人。不像小福星：他一定一出生就在说话。乔尔心想，在林中那些孤寂的夜晚，他一定跟蟾蜍、跟树木、跟冰冷的蓝色星星叽叽咕咕，这么一想，他便对老人生出一种温情来了，而那老人，这时开始叨叨起为什么溺水湖会得这么一个怪名字。

多年之前，上世纪末，就在这片林子里，他吹嘘道，曾经有一座富丽堂皇的酒店。克劳德酒店，东家是吉米·鲍勃·克劳德夫人，一位寡妇，和斯骷利家族是血亲。当时那水池名叫克劳德湖，是一只钻石眼，从地下石灰岩中喷出晶莹剔透的冷泉来，而吉米·鲍勃夫人的酒店款待着远道而来、在那一间间白色大厅中狂欢宴聚的宾客。整个夏季，身着绫罗绸缎、衣袂飘曳的夫人们高举深紫红太阳伞，沿环湖的草坪悠悠然散步。当羽扇沙沙轻拂空气时，当天鹅绒舞鞋擦亮舞池地板时，深红制服的家丁们则穿梭在芸芸宾客之中，葡萄酒给白银托盘洒上鲜红。五月份他们来了，十月份他们去了，宾客们带走了记忆，留下了一摞摞高高的金块。小福星，为宾客的上好役畜刷它们的闪亮大衣的小马倌，曾在许多个星光满天的夜间，无眠地躺着，静听人语喧哗。唉，可是啊！可是！八月份的一个下午，那是一八九三年，一个孩子，一个与乔尔年纪相仿的克里奥尔男孩，受人激将，从百尺来高的橡树上斗胆往湖泊中跳，脑瓜像贝壳，在两截沉没湖底的原木间撞了个粉碎。不久之后，又发生了第二起悲剧。一个经常犯罪的赌棍，下水游泳，从此再没上来。冬天来了，去了，又一个春天。之后有一对蜜月鸳鸯，泛舟湖上，声称有一只红宝石光芒闪烁的手（赌棍戴了一枚红宝石戒指）从湖的深处伸出来，掀翻了他们的小舟。其他人也纷纷跟风：一个泳者说他的两条腿被有力的胳膊缚住了，另一人则说他看见了那两个人，孩子和赌棍，一清二楚地看见他们在湖面下光影浮动，已然赤身裸体，头发长而绿，海藻那样缠结着。义愤的夫人们啪地收拢羽扇，担惊受怕地赶忙收好绫罗绸缎。夜晚沉寂了，草坪上不见人迹，宾客们从此一去不返；这碎了吉米·鲍勃·克劳德夫人的心：她从比洛克西城订购了一张好网，请人打捞湖底。“跟她讲那不管用，跟她讲她永远也捞不起他俩，因为魔鬼呀，好生护着自己人呢。”所以吉米·鲍勃夫人去了圣路易斯，为自己租了一间屋，往床铺上浇足了煤油，躺了下来，划了根火柴。溺水湖。这名字是黑人给起的。慢慢地，陈年淤泥从石灰岩泉眼里渗透出来，将湖水染成魔鬼的颜色；而草坪、道路、小径，全都荒了废了；宽绰的游廊，塌了陷了；烟囱沉入了沼泽湿地；被风暴连根拔起的树横七竖八倒在门廊上；水蛇在舞厅朽败钢琴的琴弦中穿行，奏出了黑夜之歌。那是一爿看上去狰狞而诡异的酒店。但小福星留下来了；那就该是他的家，他说，因为一旦他离开，就像他曾经一度离开过的那样，别的声音，别的房间，那些遗忘了的、云雾缭绕的声音，会拨弄他的梦境。

对乔尔来说，这段轶事成了一幅杂乱无章的画面，碎裂的窗户映照出一花园的鬼魂；一个日暮世界，那里屈曲的常春藤顺断柱流泻，那里蛛丝结成藤架遮盖一切。

馥洛拉蓓尔·汤普金斯小姐梳理着她那一头及腰的红发，正午毫无遮拦的阳光褪去了每一缕发丝的色泽，她说："你不知道见到你我有多欢喜。哎呀，就在今天早晨，我还跟妹妹说：'妹妹，我有一种感觉，我们会有朋友来呢。'嘿，'所以我们洗一洗头吧'，这种话，自然啦，她是听不进的：那女孩呀，向来什么都不洗。艾达蓓尔？哦，她去溪边，去提我们凉在溪水里的西瓜了：今年夏天头一个，爸爸今年早些时候种下去的。"馥洛拉蓓尔远不如月光下那么美。她有一张扁脸，雀斑点点，就跟她妹妹一样。牙齿乱七八糟的，神经质地噘着不满的嘴唇。她半倚在一张吊床上（"是妈妈自己动手做的，我所有的漂亮衣裳都是她缝的呢，除了我那件波点薄布的，不过她一件也不替妹妹做：就像妈妈说的，最好随艾达蓓尔穿什么，随她到处乱闯乱窜去，因为她不懂爱惜好衣裳。我就跟你明说了吧，诺克斯先生，艾达蓓尔是对我们灵魂的折磨，对妈妈和我都是。要是我俩穿戴得一样，那得多招人喜欢啊，可……"），吊床在院落一角浓荫郁郁的山核桃树之间摇晃着。她拿起一把克雷斯镊子，一脸痛苦，开始拔她的粉红眉毛。"妹妹公开声称……哎哟！……她立志要当个农民。"

乔尔正蹲在草地上，嚼着一片树叶，他伸了伸腿，说：“那有什么不对头呢？”

“嘿，诺克斯先生，你一定是在开玩笑吧，”馥洛拉蓓尔说，“有谁听说过一个好端端的白人姑娘想当农民的？妈妈和我都感到丢脸得不行。我当然知道她脑子里那根筋是怎么动的。”馥洛拉蓓尔丢给他一个共谋的眼神，压低了声音，“她认为爸爸死了后会把这块地方留给她，让她想干什么就干什么呢。噢，她一分钟也骗不过我。”

乔尔瞥了一眼艾达蓓尔渴望继承的遗产：住宅远远地掩映在一片浓荫青葱的小树林子里；那是一栋不错的房子，简单，看着结实，外墙刷了白，现在已略泛灰；开放的猎枪型长廊从前屋直通后屋；门廊上摆放着天竺葵花箱，还有一架秋千。侧边一间小棚里停了一辆绿色的一九三四年雪佛兰。几只鸡在筑有花坛、摆了山石的洁净院落里啄食。后面有一间烟熏房，一个水泵风车，还有棉花地第一道饱满的起伏。

“哎哟！”馥洛拉蓓尔叫唤道，把镊子往边上一扔。她蹭了蹭吊床，便一前一后开始摇晃，嘴唇滑稽地噘着。“啊，现在说说我吧，我想当演员……或者学校教师，”

她说，“只是我一旦当了演员，我们就会不知道该拿妹妹怎么办了。像那样有名的人物，大家会将他们的过去全翻出来。我真的不想说她坏话，诺克斯先生，不过我提这个是因为她迷上你啦……”馥洛拉蓓尔故作端庄地低垂目光，“而且，好吧，那可怜孩子确有这么个名声。”

虽说乔尔永远不会承认，就连暗地里也不会，但他心里感觉美滋滋的。“什么名声？”他说，小心地收敛住笑容。

馥洛拉蓓尔坐直了。“行行好，先生，”她缓慢庄重地说，一副老太太腔调，简直像得吓人，“我以为你是一位人情练达的绅士呢。”突然之间，她慌张起来，倒回吊床。接着：“嘿，瞧呀，妹妹……看看是谁登门拜访来了。”

“你好呀。”艾达蓓尔说，模糊的声音里不见惊也不见喜。她抱着一个巨大的西瓜，一只黑白相间的老猎鸟犬紧跟在她脚后一路小跑。她将西瓜从手上滑下草地，向后撸了一把胡乱翘着的刘海，跷起两只拇指钩住粗棉布背带裤的襻带，背靠一棵树一屁股坐下。她脚上还蹬着一双庄稼汉穿的靴子，一件胸前印着褪了色的“喝可口可乐”字样的运动衫。她先朝乔尔看了一眼，又朝她姐姐看了一眼，接着，熟练地朝自己的指间啐了一口，权且当讲了一句粗话。老狗在她身边笨重地趴了下来。“这是亨利，”她一边告诉乔尔，一边用脚轻轻地抚着狗的肋骨，“他要打个盹儿，所以我们别大声说话，听见了没？”

“啐！”另一个双胞胎说，“该叫诺克斯先生见识见识，当我想稍微闭一下眼，会发生什么呢：哐——砰砰——乓！”

“亨利有些不舒服嘛，”艾达蓓尔解释说，“我怕他病了。”

“呵，我自己正病着呢。好多事情都教我犯病呢。”

乔尔猜想艾达蓓尔会丢给他一个微笑。她微笑起来不同于平常人，会将一边的嘴角嘲讽地一翘：就像伦道夫挑眉的小动作。她提起裤管，开始剥膝盖上的痂。“你在庄园那头过得怎样，小孩？”

“是啊，”馥洛拉蓓尔朝前凑过身子，狡黠一笑，“你难道没见到什么吗？”

“没有，只见到那是个挺好的地方。”他谨慎地说。

“可……”馥洛拉蓓尔从吊床上滑下来，在他身边坐下，手臂支在西瓜上，“可我的意思是……”

“留神……”艾达蓓尔发出警告，“她就是要激激你。”

乔尔趁机哈哈大笑，松弛气氛。他的罪孽包括说谎，还有偷窃，还有坏心眼；然而，背信弃义却并非他的本性。他看出来向馥洛拉蓓尔倾吐秘密是多么可鄙，尽管他眼下最渴望的就是同情的耳朵了。“疼不疼？”他向她妹妹问道，迫切地想用对那伤口的关切表示他的感激。

“啊，这东西？”她一边说，一边抓着痂壳，“嘿，我说，有一回我把自己屁股上弄出一个棒球大的鼓包来，也根本不当一回事。”

“嗯，妈妈掴你时它破了，你叫唤得也够响的。”馥洛拉蓓尔提醒道，一边正儿八经地收紧嘴唇。她重重地拍了拍西瓜，它便传出空荡的、成熟的消息来。“嗯，在我听来它生绿得像青草。”她用指甲在瓜皮上抠出自己名字的首字母，划了一颗毛边的心，一箭穿过，又刻了“M. S.”，然后羞答答地打量着乔尔，声称那两字母表示“神秘的陌生人”。

艾达蓓尔亮出一把小折刀。“看，”她命令道，弹出薄而利的刀刃，“我能用它杀了谁，是不是？”说罢，西瓜挨了夺命的一扎，爆裂开来，随着她大块大块地砍着，凉冰冰的汁水四下飞溅。“给爸爸留一大块。”说着，她便返回树下，闷声不响地大口吃起来。

“凉快，”乔尔说，衬衫染上一溜红色，“那溪水准冷得像冰箱，它从哪里流下来的，是不是从溺水湖？”

馥洛拉蓓尔朝艾达蓓尔看了看，艾达蓓尔朝馥洛拉蓓尔看了看。似乎谁也没想好该由谁来回答。艾达蓓尔啐了一口瓜肉，说：“谁告诉你的？”

“告诉我？”

“溺水湖的事？”

她语气里的一丝敌意让他警觉。不过他看出来在这事上说实话的代价并不比撒谎大。“噢，住那里的那个人。他是我朋友。”

艾达蓓尔回报了一个粗哑的嘲笑。“这一带只有我会去那个吓人的酒店附近转悠；而且，小孩，那人，我连一眼都不曾瞥见过哪。”

“妹妹说得对，”馥洛拉蓓尔补充道，“她一直巴望见见那个隐士呢；妈妈以前常常说，要是我们不乖，他就会来抓我们。不过最近我开始认为他只不过是大人编出来的而已。”

这下轮到乔尔挖苦了。“要是一小时前你在路上，我就会很荣幸地向他介绍你。他名叫小福星，他将要替我做……”可他想起来跟人提护身符是被禁止的。

这一番证词教艾达蓓尔无言反驳。她给难住了。而且还心生嫉妒。“嚯。”她哼了一声，将一大块西瓜塞进嘴巴。

圈圈阳光从树叶间筛下来，斑斑点点洒落在深绿的草地上，有如掉落的金色果实；绿头苍蝇成群，在西瓜皮上方嗡嗡低飞；一阵牛铃，从风车背后的远处传来，其声慵懒而悠长。亨利正做噩梦。他急促不安的鼾声似乎惹得馥洛拉蓓尔不高兴；她将西瓜籽吐在手里，念叨着“讨厌啊老讨厌”，将西瓜籽朝老狗掷去。

艾达蓓尔一时没做出反应。接着，她站起来，收起折刀，往口袋中一塞。她脸上不带任何表情，一步一步向她姐姐慢慢逼近，而后者涨红着脸，开始紧张地咯咯笑。

艾达蓓尔双手撑在屁股上，用花岗岩般坚定的目光瞪着她姐姐。她不吐一字，但她的呼吸在咬紧的牙间嘶嘶响，颈窝里的青筋突突跳。老狗蹑足朝前挪动，面带责备地看着馥洛拉蓓尔。乔尔缓缓倒退了好几步：他可不想卷进任何家庭纠纷。

“总有一天你两只眼睛会瞪出来的。”馥洛拉蓓尔出言不逊。可那岩石般的目光依旧，她渐渐威风不再。“我不懂你干吗要对那只讨人厌的猎狗这么小题大做。”她说着，手指在草莓色的头发上绕圈圈，无辜地眨巴眼睛。“反正妈妈会叫爸爸一枪结果了他的，因为他很可能让我们全家都染上什么致命的病。”

艾达蓓尔吸了一口气，猛扑上去，两人在草地上滚来滚去扭作一团。馥洛拉蓓尔的裙子被高高撩起，红了乔尔的脸，接着又是手抓，又是脚踢，又是尖叫，她设法抽身逃脱了。“妹妹，行行好……行行好，妹妹……我求求你！”她窜到一棵山核桃树背后，两人绕着树干转圈，就像乘在只有两匹小马驹的旋转木马上，一会儿这个方向，一会儿那个方向。“妈妈，叫妈妈……噢，诺克斯先生，她疯了……来帮一把！”亨利开始狂吠，并且追起自己的尾巴来。“诺——克——斯先生……”

可乔尔自己也害怕艾达蓓尔。她是他所见过的最疯狂的人，也是手脚最快的人：家中没人会相信女孩子可以动作这么快。更何况，经验告诉他，要是他掺和，怪罪的手指最后都会指向他：整个事端都是他惹起的，故事看起来会是这么个样子的。再说了，馥洛拉蓓尔扔西瓜籽是没有道理的：打心底说，要是馥洛拉蓓尔挨一顿胖揍，他也不会在乎。

她穿过院子，拼命往宅子跑，然而这是没用的，因为艾达蓓尔挡了她的去路。她们喊叫着，一追一逃，掠过乔尔，突然间，就像那棵山核桃树，他成了挡箭牌，而这根本不是他的错。艾达蓓尔想把他推开，见他没挪动，她甩了一把汗淋淋的头发，愤怒地朝他瞪起一双醒目的绿眼睛：“走开，娘娘腔。”

乔尔想起她口袋里的折刀，便顾不得馥洛拉蓓尔的求救，认定还是躲开为妙。

于是她们又开始了，绕着圈子狂奔，在树间兜转，馥洛拉蓓尔的长发在她背上跳啊跳的。她们跑到山核桃树那边时，她开始爬两棵中更高的那棵。艾达蓓尔除去笨重的靴子。“哈，这样逃不远的。”她大喝一声，噌噌噌攀上树干，灵活得像只猴子。

树丫摇晃，断裂的小枝，扯落的碎叶，下雨般落在乔尔脚边：为了看个真切，他奔来奔去，此时天空好像透过树，蓝蓝地坠了下来，而那一对双胞胎几乎爬上了日头，变得越来越小，亮得眩目。

馥洛拉蓓尔爬到不能再爬的地方，到了树尖；不过倒是个安全易守的位置：这里，她稳稳地占着大树枝的分岔，能够免遭来自任何方向的攻击，因为只要踢一脚便可迫使敌手撤退。

“我可以等。”艾达蓓尔骑在一条树杈上，说。她恼火地往下瞥了一眼乔尔。“回家去，你。”

“请你千万别理睬她，诺克斯先生。”

“回家去，去剪纸娃娃去，娘娘腔。”

乔尔站在那里，心里对她恨得咬牙切齿，巴望她从树上摔下来，摔断脖子。跟所有假小子一样，艾达蓓尔坏透了，坏到骨子里去了：正午城的理发师对她的路子必然是有数的。那嗓音沙哑、长疣子的女人也是如此。还有馥洛拉蓓尔。然后他耸耸肩，垂下脑袋。

“等她不在时再回来。”他往回走的时候，馥洛拉蓓尔喊道，“还有，诺克斯先生，记住我说过的。嗯，对智者一言足矣……”

一对苍鹰挺直翅膀，在天边一缕暗黄的孤烟之上盘旋；那是从庄园厨房烟囱冒出的炊烟，正螺旋上升：该是苏在做晚饭，他想着，在路沿停了下来，用脚步惊散了一窝围食死青蛙的蚁群。他已经吃厌了苏做的饭菜了：总是老一套，宽叶羽衣甘蓝、红薯、黑眼豆、玉米糕。此刻他想若能与雪球人见上一面就好了。在新奥尔良家里，每天下午，雪球人都会推着馋人的推车，晃着馋人的摇铃；只消几美分，你就可以买一傻帽[1]筒的刨冰，上面拌着十二种风味的糖浆，樱桃和巧克力、葡萄和黑莓，全像彩虹那样混在一起。

蚂蚁碎步四窜，如火星飞溅：乔尔一边想着那个艾达蓓尔，一边蹦跳着踩它们，然而这段恶之舞却根本没

① dunce-hat，一种锥形的帽子，在欧美的学校中曾是惩罚的标志，戴上这种帽子的学生即被认为是“傻瓜”（dunce）。这里表示装刨冰的筒是锥形。

能减轻她的侮辱对他的伤害。等着吧！等着他成了州长：他要动用法律来治她，把她关进只在天花板上开一扇小小活板门的地牢，他就可以往下瞧她，然后大笑。

然而，等庄园整个展露出来，潦草的轮廓被藤蔓枝叶描深，他便忘记了艾达蓓尔。

仿佛收线的风筝，那对苍鹰向下盘旋，直到它们的阴影旋转着落在倾斜的瓦顶上。从烟囱里冒出的炊烟，笔直升上闷热、无风的天空；这个迹象表明，至少此地住着人。乔尔见过一些因空置而无声的宅子，还去探过险；但没有一栋看上去如此荒凉、寂静；此地就好像扣在一只玻璃罩下；里面，伺机捕捉他的，是一个下午的无尽的乏味：每挪一步，就向那里近了一点，而他的鞋重得就像是以石头作底。整整一个下午。还有多少个月里有多少个这样的下午？

接着，他走近信箱，见令人愉快的小红旗依然高高竖着，好心情又回来了：埃伦会改变这情形的，她会把一切打理好，那样他就可以离开这里，去某个学校上学，而在学校里大家都一样。哼着那支有关雪和北风的歌，他停下脚来，啪地拉开信箱；箱底躺着厚厚一沓子信，他发现它们都被密封在一个个水绿色信封里。跟他父亲给埃伦写信时用的信封一样。就连蜘蛛般的笔迹也一模一样：墨西哥，蒙特雷市，邮政局长，请转交佩佩·阿尔瓦雷斯先生。下一封，日本，福冈市，邮政局长，请转交佩佩·阿尔瓦雷斯先生。一封又一封。总共七封，收件人都是佩佩·阿尔瓦雷斯先生，都是由当地邮政局长转交：新泽西，肯顿市；印度，拉合尔市[①]；丹麦，哥本哈根市；西班牙，巴塞罗那市；爱荷华，基奥卡克市。

这一沓信里却没有他的那两封。他分明记得自己将它们放进信箱的。小福星也看见了的。还有苏。它们到哪里去了呢？当然：邮差准已来过了。可他为何既没听见也没望见邮差的汽车呢？那是一辆半破不破的福特，噪音不小。接着，他看见了自己的硬币，一枚五美分，一枚一美分，从撕开的卫生纸包里掉出来，躺在他脚边的尘土里，像不对称的眼睛，往上朝他眨巴扑闪。

就在这瞬间，啪的一声枪响，如鞭子抽断四野的静。正弯腰捡硬币的乔尔，朝宅子方向抬起惊愕的脸：门廊、

① 现位于巴基斯坦。

过道上不见有人，四下都不见有人。又是一声枪响。鹰猛击翅羽，飞越树梢，它们的阴影如片片暗岛，掠过路上滚烫的沙尘。

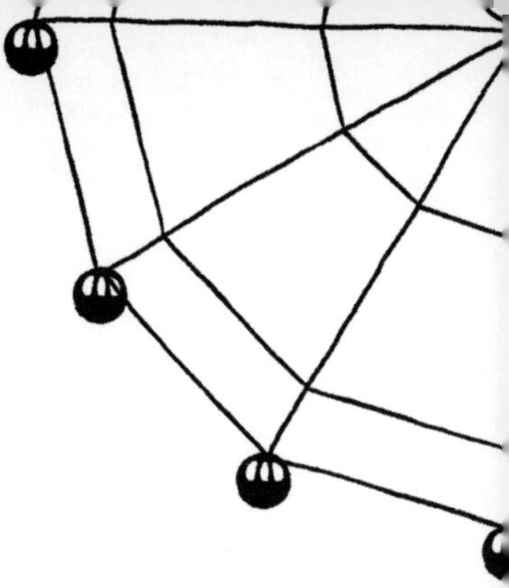

第二部

6

“别动，”苏说，厨房灯影里，她的眼睛缎子般闪亮，“没见过这样手不停脚不停的；最好别动，我好剪这一头毛。不能教你披着头发像个姑娘家一样在这块儿到处跑：你还没回过神来，孩子，大家就已经在说你得蹲下来尿尿了。”一个蓝色的碗倒扣在乔尔脑瓜上，像顶头盔，园艺剪子顺着碗边咔嚓咔嚓。“你这糖浆一样的好头发，看样子该能卖给做假发的。”

乔尔有些局促不安。“她那样说了之后，你又说什么呢？”他问道，急于让她转回刚才的话题上。

“说啥？”

“说你吃了豹子胆，伦道夫病得那么厉害，你竟敢放枪。”

“嗬，”苏咕哝了一声，“哎，我就直接告她，告她说：‘艾米小姐，那些个老鹰早晚要把这块地从我们手里偷走，除非我们开枪赶跑它们。’又说：‘今年春天已经叼走十几只肥鸡崽子了，再说伦道夫先生，他本来就病着了，要是肚皮还空得咕咕叫，那他就快活不起来喽。’”

苏掀掉那口碗，两手握拳作望远镜状，绕着乔尔坐着的椅子打转，从每个角度端详他新剪的头。“好，这才是我说的剪得好呢。”她说，“去窗前照照。”

暮色银了窗玻璃，他的脸透明地映在上面，又在蛾子飞动的昏黄灯影里变换、融合；他看见自己，穿透自己，还望见远处：夜鸟栖在无花果叶间啼啭，是一只三声夜鹰；萤火虫星星点点，洒在蓝色泛滥的空气中，航灯一般悬浮于一片幽暗之中。新剪的头毁了他的模样，看剪影，他就像个长着地球仪般的大脑瓜的傻子，而现在，因为伦道夫的恭维，他对自己的外表尤其在意。“太糟了。”他说。

“嗬，”苏说，一边将晚餐的残羹倒进一个专装喂猪泔水的猪油罐，“你跟那凯格·布朗一样无知。他是我知道的最无知的人。不过你们俩一样无知。”

乔尔学着伦道夫的派头，挑起一边眉头，说："我敢说有些事情我知道而你不知道。"

苏跨着大步收拾厨房，一扫她的优雅：地板在她野性的脚步下吱嘎吱嘎，当她弯腰将灯盏放低时，长脸上挂着的一副受伤的悲容，便如面具一般闪烁着。"我敢说，"她说着，拽了一把领巾，也不看乔尔，"我敢说你是比苏聪明，不过我料想她更明白人家的感觉；至少她不会无缘无故教人家感觉自己啥都不是。"

"哎哟，"乔尔一边说着，"哎哟，我只是开开玩笑，真的。"一边搂过她，将脸埋进她的腰部；她闻起来甜甜的，一种奇异而沉郁的酸甜，而她那轻抚他头发的手指则冰冷而有劲。"我爱你因为你一定得爱我你怎么都得爱我。"

"上帝呀，上帝呀，"苏说，挣脱开去，"你眼下还是只小奶猫，可等你长大……你会变成怎样一只公猫啊。"

他站在门口，注视着她的提灯割开黑暗，看见了耶苏·费韦尔窗户的颜色：他在这头，而她在那头，他们俩当中横亘着的是漫漫长夜。这是一个怪异的夜晚，因为伦道夫一直待在自己房间里，而艾米准备晚餐托盘，一盘替伦道夫送去，另一盘，想来，是替桑瑟姆先生送去的（她说过："桑瑟姆先生不吃冷豆子"），她只在桌边停了片刻，灌下一杯酪乳就又离开了。不过乔尔一直说着话，说话也减轻了他的担心，苏则讲着故事，夸张滑稽悲伤的故事，他们的声音时不时碰撞在一起，交织成曲，一支夏日厨房的歌谣。

从一开始，他就留心到大宅里有一种复杂的声响，处于阒然边缘的声响，仿佛石头与木板安顿下来后的太息，好像一间间老屋不断吸入又吐出的风，他还听见过伦道夫这么说："我们在下沉，你知道，去年下沉了四英寸。"正沉溺于泥土中，这栋老宅，还有他们，他们所有的人，都在与老宅一起下沉：乔尔穿过那间私室，想象鼹鼠们沿银色通道摸索着爬下越来越晦暗的厅堂，瘦而粉红，穿行于满是泥土的房间，一具骷髅的眼窝里淌血一样流出丁香紫。走开，他说，往一盏将凄惶光线投向扶梯的煤油灯爬，走——开，他说，因为他的幻觉太狡猾太恐怖了。然而，整栋住宅有没有可能完全消失呢？有可能的，这种事情他是听说过的。神秘先生只消打个响指，刚才还在那里的东西就唰啦一下没了。人类也一样。他们会从大地表面说没就没的。这事就发生在他父亲头上了；他消失了，不是像他母亲那样悲哀而体面地消失，就只是那么消失了，而乔尔没有任何理由认为自己还能找到他。那么他们为什么还要装模作样？他们为什么不有话直说："不存在什么桑瑟姆先生，你没有父亲"，然后就把他弄走。埃伦总在说体面的基督徒该做的事；那时他很纳闷，现在他明白了：说真话正是体面的基督徒该做的事。他慢慢爬上楼梯，醒着却在做梦，在梦里他看见了克劳德酒店，看见倾斜的、发霉的房间，看见风蔽裂的窗户上挂着黑寡妇蜘蛛纺出的帘幕，随即意识到这并不是酒店；的确，从来就不是：这是人们从大地表面消失之后来到的地方，在他们将死未死的时候。他想起小福星形容过的舞厅来：夜幕像一张挂毯，覆盖四壁，高低不平的地板上，装饰花束那一碰即碎的残叶散落，被他梦中的脚步碾为齑粉。他在幽暗中、在荆棘的枯骸中行走，竖起耳朵寻觅一个名字，他自己的名字，但即便在此地，也没有父亲来认他。三角钢琴的阴影投在拱形天花板上，如一只月形天蚕蛾的翅翼，键盘前坐着那位女士，她的双眼饱浸月光，一片洁白，头上冷白色假发歪斜：难道这就是吉米·鲍勃·克劳德夫人的幽魂？那个在圣路易斯的膳宿住宅里将自己焚为灰烬的克劳德夫人？莫非那就是答案？

那东西击中他膝盖，所发生的一切都发生得非常之快：头上走廊里某扇门砰的一声响，一道模糊的光唰啦一闪，接着他便感觉有什么东西砸了他一下，越过他，跳下扶梯，突然间仿佛他每根骨头都脱了节，仿佛他每个重要的部位都散了架，就像一个发条松脱的机械表。一个红色小球，在私室的地板上滚动、碰撞，他想到艾达蓓尔：他希望自己和艾达蓓尔一样勇敢；他希望自己有个哥哥、姐姐，有个什么人；他希望自己死了。

伦道夫俯在楼梯顶端的扶栏上；他双手盘在和服的宽袖里；他目光冷漠、无精打采，醉了酒似的，即便看见了乔尔也没表现出来。这时和服一阵窸窣，他穿过走廊，打开一扇门，屋里一片诡异的烛光在他脸上飘摇。他没进去，而是站在那里以奇怪的方式摆动着两只手；接着他转了个身，开始沿扶梯往下走，等他终于撞上乔尔，他只是说了一句：“劳驾，去端一杯水来。”他没再说一个字，返身往上走回了房间，而乔尔一时不能动弹，在扶梯上等了很长一段时间：墙内有人语，石头与木板有安顿下来的太息，有难以与阒静区分开来的声音。

“进来。”艾米的声音在大宅里回荡，而乔尔在门槛边等着，感觉心脏快跳出去了。

“当心，亲爱的，”伦道夫说，懒洋洋靠在一张华盖床的脚边，“水别晃出来。”

然而他无法控制自己的手不抖，也无法集中自己的目光：艾米和伦道夫，虽说彼此隔着一段距离，却像连体双胞胎，互相粘连；他们就像某种异兽，半男半女。房间里燃着蜡烛，有十几支光景，夜的燠热使它们弯腰驼背。石灰岩壁炉在烛火里闪着幽光，一组水晶铃随乔尔进门而颤动，在壁炉台上叮叮咚咚，如溪水一般。空气里是浓烈的止喘香烟味、旧麻织物味和呼出来的威士忌味。艾米板着的脸像硬币上的人头侧面像，映在紧闭的玻璃窗上，昆虫正以钟表嘀嗒的频率拍击着玻璃：她坐在一把小缝纫椅上一前一后摇着，照着花样专心刺绣，绣针捏在戴手套的手里，有节奏地戳着丁香紫的布料。她看上去活像一台注蜡机，一个真人大小的娃娃，她对手上活儿的专心很不自然：就像一个人在佯装读书，书却是颠倒着拿的。而伦道夫正用一管鹅毛笔清理手指甲，矫揉造作的派头和她如出一辙：乔尔感觉到他们认为他出现在此地是不得体的，但他已是退也不得进也不得了。床边一张桌上，摆着两个相当引人注目的物件：一个点亮的玫瑰色磨砂玻璃球，上面绘有威尼斯风景，金色的贡多拉、顽皮的船夫和情侣们，沿一条蓝得过于甜蜜多情的运河，漂过辉煌的宫殿；一尊乳色玻璃的裸体雕像，垂挂了一枚极小的银镜。银镜里照出一双眼睛：从乔尔留意到它们的那一瞬间开始，他的目光便不再理会其他存在。

那双眼睛是泪汪汪的灰色；它们望着乔尔，闪着漠然滞涩的光，接着，仿佛接纳乔尔一般，庄严地逼近，连眨两下，便又转向了别处……于是他看见它们只是一个脑袋的一部分，一个剃光的脑袋，虚弱无力地搁在一堆脏枕头上。

“他要喝水，”伦道夫说，用大拇指指甲刮着鹅毛笔，“你得喂他：可怜的爱迪，绝对的无能为力。”

乔尔则说："这就是他？"

"桑瑟姆先生，"艾米说，她的嘴唇闭拢着，就像她绣的玫瑰花蕾，"这就是桑瑟姆先生。"

"可你从没告诉过我。"

伦道夫把着床柱，好不容易站立起来：他的和服敞开，露出粉色的结实大腿和无毛的小腿。像许多身材粗壮的人，他能够以出人意料的灵活迅捷移动，然而他酒喝过了头，朝乔尔走近时，木木的笑容把他的五官揪作一团，他似乎要跌倒。他弯腰到乔尔一般高，耳语道："告诉你什么，宝贝？"

那双眼睛又一次映上银镜，它们的影像在摇晃的烛影里抽搐，一只饰有金婚戒的手从被褥下伸出，松开一个红色圆球：就像是一个暗示、一个挑战，而乔尔不再理会伦道夫，飞快上前去接住它。

7

她踢着石子，吹着口哨，出现在路上。一根竹竿翘在她肩头，直指午后的太阳。她提着一个糖浆桶，戴了一副玩具模样的墨镜。亨利，那老猎犬，走在她身边，热得吐着红舌。正在等候邮差的乔尔，躲到一棵松树背后；等着瞧，这下好戏可要上演了：他要吓唬……哈，她走得差不多够近了。

就在这时，她停了脚，除下墨镜，在卡其短裤上擦亮。她用手护着眼睛，直直望向乔尔藏身的这棵树和树背后的远处：庄园的游廊上没人，连一个人影都没有。她耸了耸肩。“亨利，”她说，他朝她抬起一双悲哀的眼睛，“亨利，我让你来定夺：我们要不要让他跟我们一起呢？”亨利打了个哈欠：一只苍蝇在他嘴里嗡嗡，被他囫囵吞了下去。“亨利，”她继续说，一边仔细打量一棵松树，“某些树的影子真是好玩，你注意过没？”停顿。“好啦，我的漂亮公子哥，出来吧。”

乔尔不好意思地走到阳光下。“哈啰，艾达蓓尔。”他说，而艾达蓓尔则哈哈大笑起来，她的笑比带刺铁丝网还要粗粝。“瞧，孩子，”她说，“上一个想跟艾达蓓尔耍花招的男孩子还没缓过气来呢。”她又戴上墨镜，狠狠提了一把短裤，“亨利和我，我们打算去抓一堆鲶鱼：要是你肯搭把手，欢迎你一起来。”

“你说的搭把手，是指什么？”

“噢，就是将蠕虫穿到鱼钩上去……”她斜了斜糖浆桶，把里面蠕动的白色亮给他看。

乔尔一阵恶心，移开目光，可又转念一想：不错，他想跟艾达蓓尔一道，不错，只要不孤单一人就行；穿蠕虫也罢，亲她脚丫也罢，都无所谓。

“你最好换一身衣裳，”艾达蓓尔说，“你打扮得像在过主日。”

的确，他穿着自己最好的套装，专门为舞蹈课买的白色法兰绒；他穿这套服装是因为伦道夫答应替他画肖像。可是吃正餐时，艾米说伦道夫病了。“可怜的孩子，还碰上这般热的天；我真是这么觉得，倘若他减轻一些体重，就不会如此受罪了。安杰拉·李也是这样的，大热天她就被撂倒了。”说到安杰拉·李，苏告诉过他一件诡异的事：“亲爱的，一桩天大的怪事落在那老夫人头上啦，就在她临死前：她长出大胡子来了；从她脸上就这么龇出来，真的是大胡子；黄黄的，跟铁丝一样硬呢。我啊，我那会儿替她剃胡子，她从头到脚趾都瘫了，皮肤跟死人的似的。可它长得真叫快，这胡子，我剃都来不及，她死掉那会儿，艾米小姐从城里雇来个理发师。哎呀，先生，那师傅只瞧上一眼，扭头就逃下楼梯，一直逃出大门去。我跟你说吧，我是说我忍不住笑啊笑死了。”

“不过是我的旧套装而已。”他说，就怕回去换衣服，因为艾米可能会说不行他不能去，反倒可能让他去读书给他父亲听。而他父亲，就跟安杰拉·李一样，也瘫痪在床，不能自理；他只会说几个词（孩子，嘿，好心，坏，球，船），稍微挪一挪脑袋（是，不），动一动一条手臂（丢一个网球，示意他有需求）。一切愉悦、一切痛苦，他都用他的眼睛传达，而那双眼睛，就如夏天的窗，很少关上，总是睁着，总是瞪着，即便在睡眠中。

艾达蓓尔将装蠕虫的桶交给他拎。他们穿过一片甘蔗地，爬上一条小径，路经一间黑人屋舍，院里有个裸体孩子在爱抚一只小黑山羊；他们走过一条长有苦野樱桃树的宽道，就到了林子里。“要是吃那个，我们就会醉成呆头鸡，”她说，指的是樱桃，“贪嘴老山猫醉得整夜乱叫：你该听听才是……又是月亮又是樱桃汁的弄得它们嗷嗷叫。”鸟儿在树叶间沙沙觅食、啼啭，但闻其声，不见其影；在林子静寂的外表底下，忐忑不安的脚踩踏着软茸茸的苔藓，聚光灯似的阳光从密密匝匝的枝叶间筛下来，斑驳了林中原生的幽暗。艾达蓓尔的竹竿刮擦着低矮的枝丫，那猎犬也既急切又多疑，斜侧着身子穿过黑莓灌木的密网。亨利，哨兵；艾达蓓尔，领头人；乔尔，俘虏：三个开拓者在稳步往下倾斜的大地上进行一次庄严的跋涉。橘黄镶边的黑蝴蝶在车轱辘大小的一摊摊雨后积水上车轱辘似的打着转，翅翼的翻飞在反光的绿色水面上勾勒出轨迹；响尾蛇蜕下的皮如玻璃纸，委弃于小道上；而破裂的银色蛛网似胎膜，蒙在一地的残枝上。他们走过一座小坟冢：坟头残破的十字架上刻写了一句铭文：托比，为猫所害。坟包塌陷，一株悬铃木的根须从其下破土而出，看得出来，这是一座老坟。“那是什么意思，”乔尔说，“为猫所害？”

“发生的时候我还没出世。”艾达蓓尔说，好像这便解释了一切。她离开小道，走向一片厚厚地覆盖着去年冬天残叶的地方。远处溜过一只臭鼬，亨利一声低吼往前冲去。“这托比，知道吗，是个黑人小女孩。她妈妈是给斯骷利老夫人使唤的，就像现在苏这样，她是耶苏·费韦尔的老婆，托比是他们的小娃娃。斯骷利老夫人养了一只漂亮的大波斯猫，有一天托比在睡觉，猫溜进屋，用嘴贴住托比的嘴，吸走了她的气。”

乔尔说他不信；但倘若是真的，那当真是他听过的最恐怖的故事。“我不知道耶苏·费韦尔结过婚呢。”

“你不知道的事还多着呢。所有那些怪事……大多数事情都发生在我们出世之前：这教我觉得它们更像真的呢。”

出世之前。不错，那算什么时间呢？就像现在这样的时间，等他们死了，时间还照样会像现在这样：这些树木，那天空，这大地，那些橡实，太阳和风，依然如故，而会变的，只有尘土化作心脏的他们。此刻才十三岁的乔尔，却比在以后的任何岁月里都更贴近对死亡的认知：一朵鲜花在他内心绽放，不多久，当每一片紧闭的花瓣舒展开来时，当青春的正午燃烧至白炽的极点时，他会回头寻找，像前人那样，寻找另一扇门的敞开。他们在林子里走着，百灵不知疲倦的啼啭已萦绕了一个世纪，或者更久，一浪又一浪的蛙在月光的银练间飞跃；星辰曾在这里陨坠，还有印第安人的箭矢；曾有手舞足蹈的黑人拨弄吉他，唱强盗埋金的谣，唱伤心鬼魅的歌，久远的歌谣：出世之前。

“对我倒不是：那才显得不够真呢。”乔尔说，猛地语塞，被此中真实惊住了：艾米，伦道夫，他父亲，他们都活在时间之外，都像幽灵一样绕着现时转。是不是正因为这样，在他眼里，他们才像一场梦？艾达蓓尔的手往后一伸，猛拽了一把他的手。“醒醒。”她说。他看着她，瞪大了惊恐的眼睛。“可我不能。我不能。”“不能什么？”她没好气地说。“噢，没什么。”两个初出茅庐的探寻者，一同往下走去。

“戴上我的墨镜，”艾达蓓尔主动提出，“一切看上去都会美得多呢。”

青草色的镜片绿了小溪，一群群不安的鲦鱼，像一根根针，缝合着流水；时不时会有一束阳光碰巧探入深潭，照亮更大的猎物：水面下黑影重重，是丰肥而笨重的鲈鱼在慢吞吞游动。艾达蓓尔的钓鱼线在溪流当中微颤，可眼下都过去一小时了，竟还没任何东西咬鱼饵，于是，她将鱼竿扎扎实实地插在两截树桩之间，自己往后靠去，脑袋枕在一片苔藓上。“好了，还我。”她要求说。

“你哪里弄来的？”他问，但愿自己也有一副。

“巡回游乐秀上，”她说，“巡回游乐秀每年八月份都会来；不是大型的那种，不过他们有简易旋转木马，还有摩天轮。他们还有装了双头婴儿的玻璃瓶呢。这副墨镜是我赢来的；我以前成天戴着，连夜里也戴，可爸爸呢，他说我会弄坏眼睛的。来根烟？”

只有一支，皱巴巴的一支翼牌香烟；她一折为二，划了根火柴。“瞧，”她说，“我能吐一个烟圈，教它套在另一个里。”烟圈叠烟圈，升腾在空中，幽蓝、圆满；

纹丝不动，然而却感觉它周围无一处不在动，微妙、隐秘、变幻：蜻蜓在水面上打滑，什么突如其来但无法看见的响动松动了雪花莲的钟形花朵，眼下它们皆已凋萎，芳香尽矣。

乔尔说："我不觉得我们能钓到什么。"

"我从来不指望钓到什么，"艾达蓓尔说，"我就是喜欢来这里，想想自己的烦心事；谁也不会上这里来找我。这地方挺不错……可以躺下来，放松放松。"

"什么样的烦心事让你烦心呢？"他问。

"这是我自己的事。你知道吗……你这鼻子也太长了，到处乱嗅。你是从不会见我这么打探的，哼，绝不会。碰到住在乡下的别人，嘿，他们早就把你活吃啦，你又是外人，又住在庄园什么的。瞧瞧馥洛拉蓓尔。她就是喜欢到处窥探。"

"我觉得她非常美丽。"乔尔说，就想激激她。

艾达蓓尔一时无话。她弹开香烟，竖起两根手指放在唇间，男孩子那样打起忽哨来：在溪流浅水里溜达的亨利急忙爬上岸来，他的皮毛湿淋淋、亮闪闪。"外表美丽，诚然，可是内心美丽才作数。"她说着，搂了搂猎犬，“她不断告诉爸爸，他应当结果了亨利，说他得了不治之症：她内心就是这副模样。”

下午的白热渐渐在天空显露真容；他的敌手，乔尔心想，就在那里，在那似玻璃、似烟雾的云的背后；不管这敌手是谁，是什么，反正他的敌手被想象成了那里一张煞白而空茫的脸。就这点而言，艾达蓓尔是让人嫉妒的，至少她知道她的敌手是谁：你、还有你，她可以这么说，这样那样，谁谁谁谁。“你害怕过失去理智吗？”

“从来没想过，”她说，哈哈大笑起来，“据他们所说，我从来就没理智，根本就没。”

乔尔说：“你这是在开玩笑。我说的意思是：你看见过某些东西，比如人，比如整栋宅子，看得见，摸得着，你知道它们分明是真的……只是……”

“只是它们并不是真的。”艾达蓓尔说，“那次蛇咬了我以后的一个礼拜，我都活在一个恐怖的地方，那里一切都在爬，地板和墙壁，一切。现在想起来，明摆着都是在犯傻。可这事说来真叫蹊跷，因为去年夏天我跟奥古斯特叔叔（他怕女孩，都不敢正眼瞧她们；他说我不是女孩子，我是很喜欢奥古斯特叔叔的：我们就像哥们儿）……我们去珍珠河……有一天我们划船划到一处黑黢黢的地方，碰上一座蛇岛；那岛真小，就一棵树，可到处都是铜头蝮：连树枝上都挂着。我告诉你，真教人毛骨悚然。人家说梦境成真，我想我现在明白他们的意思了。”

“这不是我说的意思。”乔尔说，他的声音很轻，带着疑惑，“梦不一样，梦你可以忘掉。可如果你看见一个东西……比方说，一位女士，你在不该有人的地方看见了她，随后她便钻进你脑子里到处跟着你了。我意思是：苏感到害怕的那晚，她听见一条狗在哀嚎，她就说这是她丈夫回来了，走到窗前。‘我看见他了，’她说，‘他蹲在无花果树下，’她说，‘他的眼珠子在黑暗里发黄。’可接着我朝那里望过去，什么也没有，除了没有还是没有。”

所有这些在艾达蓓尔看来都没什么稀奇的。“哎呀，嘿！”她说，摇晃着脑袋，短短的红头发唰地划出漂亮的火光，“谁都知道苏是真疯。有一回，就像今天一样热，我打路上走过，她正站在信箱边发愣，她说：‘昨夜下了一场多么漂亮的雪呀。’老在说下雪，老看见稀奇东西，那个苏呀，那个疯疯癫癫的苏。”

乔尔恨恨地朝艾达蓓尔横了一眼：她是个多么刻薄的撒谎精啊。苏没有疯。没有。他回想起他们第一次聊天时的雪：就在他身边漫天漫地簌簌飘了下来，林子白茫茫耀眼，而艾达蓓尔的声音，此时响起，听上去柔柔的，被雪压得轻轻的。“这是象牙牌的，”她说，“它会漂的。”

“做什么用？”他说着，接过她从口袋里摸出的一块肥皂。

“洗啊，真笨，”她告诉他，“别这么小心翼翼。每次我来这儿，我总要搓洗搓洗。嘿，你把你的衣裳搁在支鱼竿的那截树桩上就是了。”

乔尔羞怯地朝指给他的地方望了一眼。“可你是个女孩呀。”

艾达蓓尔挺直起身来，露出极其不屑的神情。“小孩，”她说着，朝指间啐了一口唾沫，“你裤中那玩意儿，对我来说可没什么新鲜的，也不是我会在乎的：嘿，从一年级开始，我就只跟男孩子玩。我从不把自己想成女孩子；这个你得记牢了，不然我们永远做不成朋友。”

尽管是虚张声势，但她发表这么一通宣言时又带着一派别样的、动人的天真；她一只拳头捶另一只，现在又紧蹙眉头，还说："我太想做男孩啦：我就会当水手，我就会……"她那无奈倒真是动人。

乔尔站起身，开始解衣扣。

他躺在一席冰冷的石子上，清凉的溪水哗哗冲洗，在他身边起伏荡漾；他但愿自己是一片叶子，就像身边那一片片顺流漂逝的树叶：做个叶孩子，他就能随波而去，漂流、消逝于河里、海洋里、世界的大洪流里。他捏住鼻子，将头埋入水中：那时候，他六岁，黄铜色的眼睛惊恐地睁着，一美分硬币般溜圆。圣灵啊，牧师说着，将他摁进施洗水中；他尖叫起来，坐在教堂第一排的长椅上观看的母亲赶忙上前，搂住他，拥着他，柔声细语道：我的宝贝，我的宝贝。他从宏大的寂静中抬起脸来，七年，便在艾达蓓尔拍出一片嬉闹水浪的瞬间，荡然无存。

"你看上去就像一只被拔了毛的小鸡崽，"艾达蓓尔说，"这么瘦这么白。"

乔尔的肩膀难为情地缩起来。虽说艾达蓓尔对他的裸体真的是毫无兴趣，但他仍然无法使自己轻松自如地适应现状，不像她似乎有所期待的那样。

艾达蓓尔说："别动，现在我要往你头发上打肥皂了。"她自己一头的肥皂泡沫卷，就像蛋糕上的糖霜。除去衣裳，要说的话，她的身体更男孩气了：她看上去大部分都是腿，像一只鹤，或者踩着不太高的高跷的人，雀斑撒在她相当纤细的肩膀上，这一切使她显出一副不可思议的渴念的样子来。然而，她的胸部已开始隆起，她的臀部也隐约有了横向伸展的暗示。乔尔一直认为艾达蓓尔是个阴沉、爱吵架的人，惊讶地发现其实她也是很滑稽、很欢快的，她用手指有节奏地在他头皮上搔挠，不停地嘻嘻哈哈，讲着笑话，其中有些还挺下流："……于是那农夫便说：'她肯定是个漂亮小妞，准是的，不然不会教丝手绢给滤过去呢。'"

看他没笑，她说："怎么回事？你没懂？"乔尔摇摇头。"你还是从城里来的呢。"她叹了一口气。

"他是什么意思……教丝手绢给滤过去？"

"算了，孩子，"艾达蓓尔说，一边冲洗他的头发，"你太小啦。”乔尔心想，笑话好笑的地方就连她自己也没太懂：她讲这些话时的腔调并不全然是她自己的；她是在模仿什么人。他寻思着是谁呢，于是说：“这笑话你是从哪里听来的？”

“比利·鲍勃告诉我的。”她说。

“他是谁？”

“他就是比利·鲍勃呀。”

“那你喜欢他吗？”乔尔说，不明白自己怎会感到这么嫉妒。

“我当然喜欢他啦。”她说着，站直了，蹚着水往堤岸走；眼睛瞅着水面，走得缓慢而又那么优雅，像鸟在觅食，“当然，他基本算是我最要好的朋友。他可是个硬汉，比利·鲍勃。我记得四年级那会儿，我们的老师是那个刻薄的艾肯斯小姐，她用戒尺狠狠地打过比利·鲍勃的手心，可他从来没哭过一次。”

他们坐在一片阳光里晾干身体，她戴上了墨镜。

“我就从来不哭。”乔尔撒了个谎。

她转身俯卧，手指拨弄着青苔，平淡地轻声说道：“好吧，我哭的。我有时会哭。”然后她认真地看着他：“不过你绝对不能告诉任何人。听明白啦？”

他想说：不，艾达蓓尔，亲爱的艾达蓓尔，我是你真正的好朋友。他想碰碰她，想伸出手臂环住她，因为突然之间，似乎只有这样方能表达出他的全部感受。他往前凑了凑，探出去，在她脸蛋上吻了一下，吻得至轻至柔。一时寂然，似有光与影的淡薄迷离的气氛在他们俩之间飘拂，就如他们身体上颤动不止的叶荫。艾达蓓尔则浑身绷紧。她揪住他的头发，开始扯，而她这么做的时候，一阵可怕的、困惑的愤怒游走在乔尔的身体里。这才叫真正的背叛。因此他出手反击；两人缠作一团扭打起来，天空在他们身边转动、下降、打旋，他们俩滚来滚去。墨镜掉了下来，乔尔往后滚倒，感觉墨镜在他身体下咔嚓碎裂，划破了他的屁股。“住手，”他喘着气道，“请你住手，我出血了。”艾达蓓尔正跨坐在乔尔身上，有劲的手把他的手腕摁在地上。她将自己愤怒的、涨得通红的脸贴近他：“服输了？”

“我出血了。”乔尔只是这样说。

松开他之后，她弄来了水，清洗他的伤口。“你不会有事的。”她说，好像什么都不曾发生。而且，说不清楚，的确好像什么都不曾发生：诚然，他们俩谁都永远无法解释清楚他们为什么会打起来。

乔尔说：“抱歉我压碎了你的墨镜。”

墨镜残片洒落一地，就像绿色的雨滴。她弯下腰，去拾那些碎片；接着似乎改了主意，又将碎片扔了回去。“不是你的错，”她伤心地说，“没准……没准哪天我会再赢一副来。”

8

伦道夫将画笔往注了清水的小醋罐里蘸了蘸，一圈圈紫色卷须便化了开去，犹如飞长的藤蔓。“不用微笑，我亲爱的，”他说，“我又不是摄影师。不过话说回来，我几乎也算不上什么艺术家；不算，倘若你把艺术家定义为一个看、接纳并且纯粹再现的人的话：对我来说，总是存在一个变形的问题。我从来不怎么画我之所见，而画我之所感：比方说，多年以前，这是在柏林，我替一个不比你大多少的男孩子画像，在我的画中他看上去却比耶苏·费韦尔还要老，在现实中他有一双童真的蓝眼睛，但我看见的却是迷失的惺忪睡眼。要知道我所看见的其实才是真实，因为小库尔特，那是他的名字，后来变成了一名不折不扣的恶鬼，还两次企图谋杀我……

两次都显示出，我不得不说，令人佩服的智谋。可怜的孩子，我寻思他而今如何……或者说，就此而论，我呢？啊哈，那倒是一个极有意思的问题：我而今如何？”就好像在给自己的句子加标点符号，他一边说着话，一边不断地将画笔使劲往罐里戳，那水的颜色越变越深，中心一缕红，犹如藏了一朵花。“很好，放松放松。我们休息一分钟。”

乔尔朝他瞥了一眼，吁出一口气。这是他第一次进伦道夫的房间；两个小时了，他仍然相当不理解，因为这房间和他以前见过的一切都太不一样了：一面面繁杂富丽的镜中反射出褪色的金器和黯淡的丝绸，这让他感觉像是吃了太多糖果。房间如此宽大，但其中无物的空间却总共不到一英尺；雕花桌、天鹅绒座椅、大枝形烛台、德国八音盒、书籍、油画，彼此抢占空间，好像这些物件在一次洪水中从窗外涌入，从此沉积在这里了。那张肝脏形书桌背后的墙上，贴满未装镜框的外国明信片；其中六张是一套日本的，对乔尔来说，真是大长见识，尽管从某种程度上来说，对其中蕴含的深意他已经有数。一条极沉的黑色长桌上，一批物件像博物馆藏品般陈列着，其中部分是古董娃娃，有些丢了手臂、腿脚，有些没了头，还有些玻璃珠子眼睛的，目光茫然，内脏尽是稻草和锯木屑，从创口暴露了出来；然而，它们都穿戴华服，各色各样的天鹅绒、蕾丝、亚麻。长桌正中央立着一小张相片，镶有精美得近乎荒唐的银镜框；相片倒是蹩脚，显然是在某个狂欢节上或者游乐场里拍下的，至于其中的三男一女，则在斗鸡眼狒狒和斜睨袋鼠的滑稽背景跟前摆好了姿势；虽说相片上的伦道夫更瘦、更帅，可乔尔一眼就把他认了出来，另一个男子，看上去也有些眼熟……是他父亲吗？当然这张脸只是隐约地让人联想到走廊对面那个人的容貌。第三个男子，个头比他的同伴都高，风头十足；他强健魁梧，即便在如此褪色的相片上，仍然显得黝黑黝黑的，几乎就像个黑人；他的眼睛细窄、狡黠、乌黑，在浓密如胡髭的眉毛之下熠熠生辉，而那比任何女子都要来得丰润饱满的嘴唇间恰是一个倨傲的微笑，更渲染了他因头顶草帽、手持拐杖所展露的潇洒、华丽的江湖艺人神采。他的手臂环抱着那姑娘，而她，一个农牧神似的贫血生物，正无比倾慕地仰望着他。

“噢，是啊，”伦道夫说着，伸了伸腿，点上一支薄荷醇香烟，“你在这里看见的，不用太当真：只不过是我自己跟自己开的一个玩笑而已……既逗人又瘆人……一座相当浮华的坟墓，你可以这样说。这房间里没有白昼，也没有黑夜；此地季节不会更替，岁月亦然，当我死去，如果我的确尚未死去，那就让我醉死，并且蜷缩成一团，就像在我母亲的子宫里，在幽暗的暖血中。一个万劫不复的人，在心灵深处寻求的是四肢健全的甜蜜生活，对他来说，这难道不是一个讽刺的终场吗？面包和水，与所爱的人分享陋室，此外别无他求。”他微笑着，顺了顺后脑勺上的头发，掐灭香烟，提起笔来。“既然我生来已死，我会死去便是滑稽透顶了；是的，生来已死，毫不夸张：接生婆真够毒的，一巴掌将我掴到人间。有没有啊她？”他饶有兴趣地望着乔尔，“回答我：她有没有？”

“她有没有什么？”乔尔问，因为，像往常一样，他并不明白：伦道夫似乎总在以一种令人捉摸不透的语汇与某个看不见的人进行秘密对话。“伦道夫，”他说，“请你不要对我生气：只是你讲话的方式实在滑稽。”

“算啦，”伦道夫说道，“所有艰涩的音乐都得多听上几遍才是。倘若我此刻的话让你感到莫名其妙，将来回过头来看就会再清楚不过了；等到那时候，等到你眼睛里的那些花朵枯萎凋败、万劫不复，唉，虽说眼泪无法帮助我溶解自己的茧，我还是要为你洒下几滴的。”他站起来，走向巨大的巴洛克式写字台，擦了些柠檬香水，梳理了一下油光水滑的卷发，稍稍摆了个姿势，在镜中端详自己；尽管这面镜子——一面法式古董全身镜——复制了他的一切要素，却似乎吸走了他的色彩，减损、更变了他的容貌：镜中那人并非伦道夫，而是幻想所期望他效仿的人格，而他，仿佛在印证这一理论，说道：“它们能浪漫化我们，镜子，这是它们的秘密。要是毁了世上所有镜子，那将是怎样的一种阴险酷刑啊：倘若那样的话，我们能去哪里印证我们的自我身份呢？告诉你，我亲爱的，那喀索斯可不是什么自负者……他只是我们中的另一个，在我们无法挣脱的孤独里，他见到了自己的倒影，认出这是他唯一的俊美同志，唯一不可分离的爱人……可怜的那喀索斯，他可能是世上唯一一个在这一点上诚实的人。”

怯怯的敲门声打断了他。"伦道夫，"艾米说，"那个男孩在里面跟你一起吗？"

"我们正忙着呢。走开，走开……"

"可是伦道夫，"她埋怨道，"你不觉得他该过来给他父亲念念书？"

"我说了：走开。"

乔尔控制着自己的脸，既不显得松了一口气，也不显得感激：掩盖情绪已成了他的自然反射，有时这样能帮助他阻隔一切感觉。然而仍然有一件事他无法做到，因为据他所知，没有一种办法能使脑子腾空，白天抹掉的东西，入了夜就会在梦里冒头，躺在他身边，不由分说地箍住他。说到给父亲念书，他倒是有一个奇怪的发现：桑瑟姆先生其实从来不会听。经乔尔试验，他听西尔斯·罗巴克百货公司的价目单，就跟听任何西部故事一样，兴趣并无二致。

"那件事情发生之前，"伦道夫说，坐回原来的椅子，"那之前，爱德很不一样……非常强健，而且——要是你的标准不过高的话——英俊（那里，你自己可以从照片上看出来），不过说句实话，我从不怎么喜欢他，甚至恰恰相反；一则，他拥有佩佩，或者这么说吧，他是佩佩的经纪人，这使我们的关系变得复杂。佩佩·阿尔瓦雷斯，就是戴草帽的那个，而那个姑娘，嗯，是多洛丽丝。当然，照片上的并非太准确：那么天真烂漫，谁会料想到拍完照片仅仅两天之后，我们中的一个会背部中了一弹滚下楼梯？”停下画笔，调节画板，他盯着乔尔，眯起一只眼睛，像个钟表匠。“现在小心，别说话，我在画你的嘴唇。”微风撩开天鹅绒帘幕，从窗外探入，裹挟着户外的阳光气息，华服娃娃们窸窸窣窣。乔尔想去外面，此刻艾达蓓尔或许正在草丛中撒欢，脚边跟着亨利。伦道夫滚圆的脸在专注中拉长；他一声不吭地画了相当久，直到最后，似乎前面说的一切莫名地就引来了下面这段话，他说：

“让我这么开始吧，我当时正处于爱河之中。这是一句平常的表述，的确，但绝非一个平常的事实，因为我们中极少有人懂得爱情就是柔情，而柔情并非如大部分人所猜想的那样，等同于怜悯。更少有人懂得爱情的幸福并非将一切情感绝对倾注于另一方：一个人总是得爱恋许许多多的事物，而那被爱的人必须只能成为那些事物的象征；这个世上真正被爱的人，在他们爱人的眼中，是丁香的绽放，夜船的航灯，学校的铃声，一片风景，萦绕心头的谈话，友人，孩子的礼拜天，逝去的声音，最喜欢的套装，秋和四季，是记忆，是的，它是维系存续的土壤与水，记忆。一张怀旧的清单，可话说回来，还能在哪里找得到一个更怀旧的主题呢？人在你这年龄，对身边多数微妙之物是无从察觉的；即便如此，我猜想你望着此刻的我，一定觉得不可思议，我也曾经有过能感受那种爱情的纯真；然而，在我二十三岁时……

“是相片中的姑娘，多洛丽丝。我们是在马德里遇见的。不过她并非西班牙人；至少我相信她不是，事实上我从来也不知道她到底来自哪里：她的英语几乎完美无瑕。说到我，我那时已经在欧洲两年了，常泡博物馆，简直就是住在那里：我真是怀疑还会有谁临摹过那么多的大师杰作？几乎每一幅我都能画出引人入胜的临摹……然而，一到我自己的创作，我就差不多与死无异了，就好像我没有自己的感受能力，没有任何灵魂：我就像那无法授粉的银莲花。

“而多洛丽丝，恰恰相反，正是我这种人不时尽力借取活力的那种人：跟她在一起，我就非常清楚我是活着的，并且终于认为自己的存在是正当的了——我第一次看见事物显得完整而不失真。那年秋天我们去了巴黎，之后又去了古巴，住在一座俯瞰马坦萨斯海湾的宅子里……我该怎么描述它呢？……那座宅子由霞粉色的岩石砌成，一间间屋子如金色和白色的花朵，散落在由高高的廊道和颓败的蓝色阶梯组成的藤蔓上；窗户宽大，有风穿过，屋子便如小岛，清凉而极其恬静。她在那里就像个孩子，清甜得像一只橙，而且慵懒，慵懒得可人；她喜欢一丝不挂地坐在阳光里，画小小的动物，蟾蜍、蜜蜂和花栗鼠，阅读占星术杂志，还绘星相图，还清洗她的秀发（每天不下三次）；她还喜欢赌博，每天下午我们都下山去村中买彩票，或买一把新吉他：她有三十多把吉他，每一把都弹得，我必须承认，相当难听。

“这种事还有一件：我们很少说话；我从不记得和多洛丽丝有过什么长谈；我们之间总有什么东西是无声的，是轻柔的；然而我们的沉默并非向对方保守秘密的那种，因为其间传递的绝妙的宁静，恰恰是对彼此了如指掌的人有时才能够获得的……然而我们谁也不真正了解对方，因为那时我们连自己都不甚了解。

“然而……冬天快结束时，我发现了那册梦录。每天早晨，多洛丽丝都会在一本被她藏在床垫下的大开本剪贴簿上把前夜的梦写下来；她有时用法语写，绝大多数时候用德语或英语，但不管用什么语言，内容总恶毒得惊人，我也实在弄不懂它们，因为似乎无法将多洛丽丝和她那些冷酷的梦对上号。那些梦里总有我，总逃在她前面，或躲在阴影里，每天当她一丝不挂地躺在阳光里，我就会发现最新的一页，读到她又追上了多少，因为在早些时候的梦里，她在马德里杀掉了一个被她称为‘L.’的情人,而我知道……等她找到‘R.’[①]时……她也会杀掉他。

“我们睡的床罩着纱帐，防蚊但透得进月光，我会躺在黑暗里看她睡觉，害怕自己困在那只塞满了梦的脑袋里；一到早晨，她就大笑啊逗我啊还揪我头发，而不多一会儿，等我走了，她就又会写……嘿，我记得有这

①“伦道夫”（Randolph）一名的缩写。

么一段：‘R. 躲在一座大钟背后。钟的嘀嗒巨响如炸雷，如上帝的脉搏；它的指针，形如指责的手指，直指三点十七分；等到六点我就会找到他，因为他不知道他躲的是我，还以为躲的是他自己。我不希望他受伤害，要是我能够我就会逃走，可是这座大钟索求献祭，不然它将永不休止，而在某处生命必须结束，否则我们之中谁能长久忍受它的巨响？’

“撇开其他不说，此中蕴含着某种真实；时钟的确一定要得到献祭：死亡难道不就是献给时间和永世的祭品？

“啊，说来也怪，我们的生命从来没这么紧密相连过：有过许许多多回，我能够走掉，离开，从此不再见她；然而，抽身而去就是否认爱情，要说我不爱多洛丽丝，那么我的情感除了虚假，什么都不是。现在看来，我觉得她不是一个完整的人（一个失神的孩子，倘若有这种东西的话，或者她本身就是一个梦），我也不是……虽是因为青春年少，而青春几乎不具备人形：它不可能具备，因为年轻人永远不相信他们终究会死……尤其是他们永远不会相信，死亡会以非自然的形式到来，而且常常如此。

“那年春天，我们渡往佛罗里达；多洛丽丝以前从来没到过美国，接着我们又去纽约，她不喜欢那里，又去费城，她觉得同样无聊。最后，在新奥尔良，我们租了一间带露台的迷人公寓，她挺快乐，而我也确实同样快乐。在我们辗转各处的时候，那册梦录不见了：我不知道她能将它藏在哪里，因为所有可能的地方我都一一搜过。从某种角度来说，没找到它倒实在是令人释然。之后一个下午，我从市场回家，提着，请别见笑，一只漂亮的活母鸡，看见她正和一个男人站在大教堂边的阴影里说话；他们对彼此的态度中有一种亲密，这让我心里一木：我知道，这不是游客问路那么简单。后来，当我跟她提起我看见的事，她相当随意地说，噢，是啊，那是一个朋友，是她在咖啡馆遇见的，一个职业拳击手：我有没有兴趣见见他？

“一个人在受过一次创伤之后，身体上的也罢、心灵上的也罢，总会相信要是他听从预感（在这种情形下，常常存在一种想象出来的预感），那么什么事情就都不至于发生了；然而，即便我有绝对的先见之明，我也会一头扎进去的，因为在每个人生里都会出现这种局面，自己只不过是某个图案中的一根线，而一手编织那图案的……我该说是谁？是上帝？

“一个礼拜天，他们来了，职业拳击手佩佩·阿尔瓦雷斯，还有他的经纪人爱德·桑瑟姆。一个毒辣的热天，我记得，我们坐在露台上，吹风扇，喝冷饮：你很难凑到比我们四个之间共同之处还少的一伙人；要不是桑瑟姆——他是个插科打诨的角儿——分散了大家的注意力，气氛就会过于紧张。因为对多洛丽丝和那年轻墨西哥人之间几乎无所顾忌的眉来眼去，谁都无法视而不见——他们是情人，哪怕迟钝的艾米也能感觉到，而我并不惊异——佩佩太与众不同了——他的脸生动而梦幻，野蛮而稚气，既陌生又熟悉（就像孩提时代的某些东西那样熟悉），既羞怯又带攻击性，既睡着又醒着。不过，当我说他和多洛丽丝是情人，或许是我夸大其词了：在某种程度上来说，成为情人意味着彼此相爱，而多洛丽丝，这已再明显不过，是不会爱任何人的，她是如此失神；然而，除开给她提供愉悦的功能，对男人或男性魅力，她没有出自内心的激情和仰慕……而这种男性魅力，只有它自己的同类最能感知、赏识，不管传奇故事是怎么说的。露台上天色渐暗，我望着佩佩：他那印第安人的皮肤似乎留住了空气里残存的所有光亮，他那一双动物般机灵的眼睛毫无波澜，像含泪一般闪闪发亮，唯独凝视着多洛丽丝；忽然之间，伴着微微的震惊，我意识到自己嫉妒的不是多洛丽丝，而是他。

“这之后，尽管开始我相当谨慎，唯恐流露出我那情感的特质，多洛丽丝却本能地明白发生了什么。‘真奇怪，我们用了这么长的时间才发现自己；从我第一眼见到你，我就知道了，’她说，又加了一句，‘只是，我不认为他适合你；我认识太多个佩佩了：你愿爱他就去爱，到头来会是一场空。’头脑也许会接受劝告，但心却不会，而爱，不通地理，故不知边界：令其负重沉底，也无济于事，它总会浮上来，找到水面。为什么不呢？任何爱情都是自然并且美好的，存在于本性之中；只有伪君子才会因为一个人的所爱而追究他的责任，情感方面的文盲和抱有正当嫉羡者，出于他们的焦虑不安与重重担忧，太常错将指向天堂的箭头认作指向地狱。

“那是不同的，我对佩佩的爱，比我对多洛丽丝的任何感情都来得更炽烈，也更孤独。然而，我们本是孤立的，亲爱的孩子，孤立得可怕，彼此隔绝；世间的嘲弄是那么凶猛，以至于我们不能倾吐或表露我们的柔情；对我们来说，死比生更强大，它就如风从黑暗中袭来，以阴沉的大笑模仿、嘲弄我们的哭喊；孤独像垃圾强塞入我们身体，直到五内俱裂，滴淌绿血，我们满世界奔走哭号，在我们租来的房间，在噩梦的酒店，在转瞬即逝的心灵那永世的归宿里死去。也有某些瞬间，某些非常美好的瞬间，我觉得我挣脱了束缚，我能忘记他、忘记那张慵倦而狂烈的脸了，然而他却不放过我，不，不放，他总在那里，坐在露台上，或听她拨弄吉他，朗声大笑，说话，那么近却又那么远，总在那里，就像我总在多洛丽丝的梦里。见他受罪，我无法忍受；看他打斗、以敏捷又残忍的姿态腾跳，看他挨拳，是痛苦的，那怒视，那鲜血和瘀青。我送他钱，买给他奶白色帽子，还有金手链（这他喜欢，会像女人那样戴着），黑人喜欢的那种颜色鲜亮的皮鞋，糖果色的丝绸衬衫，我也送给爱德·桑瑟姆所有这些东西：他们是多么鄙夷我啊，两人都是，可又没到拒绝礼物的程度，噢，永远不会的。

多洛丽丝继续以她那种怪异而不能自拔的方式和佩佩纠缠不休，即便并非有什么兴趣，也不在乎他是留是去；她就好比没有头脑的植物，完全不由自主地活在（存在于）那无所顾忌的梦录里。她帮不了我。我们最渴望的只是被拥抱……被告知……一切（一切是个有趣东西，是婴儿的乳汁和爸爸的眼睛，是寒冷清晨呼啸燃烧的炭火，是横斑林鸮和放学后弄哭你的男孩子，是妈妈的长发，是恐惧又是卧室墙上扭曲的脸）……一切都会好起来。

“一天晚上佩佩来了，喝得酩酊大醉，并且肆无忌惮地动起手来：第一，用他的皮带抽多洛丽丝；第二，在地毯和我的画上撒尿；第三，用不忍卒听的话谩骂我；第四，打断了我的鼻梁；还有第五和第六等等。那天晚上，我在街上乱走，沿码头走，大声乞求自己抽身离开，再次孤单一人，就像我并非孤身一人似的，我说，在另一个人生里另租一间房吧。我坐在杰克逊广场上；除了夜行列车的铃声，四周一片静，整个市政厅如一座闹鬼的宫殿；我边上坐着一个泪眼婆娑的金发男孩，他看着我，我看着他，我们并非陌路人：为了拥抱，我们的手向彼此探出。我从未听见过他的声音，因为我们没有说话；真是可惜啊，我是多么想拥有对那声音的记忆啊。孤独，如同高烧，到了黑夜最为剧烈，不过那里有他在身边，便有了亮光，如鸟儿的啼啭穿入树间，而当太阳升起时，他便将手从我的指间松开，走了，那泪眼婆娑的男孩，我的朋友。

“我们总是在一起，多洛丽丝，佩佩，爱德和我，爱德和他的笑话，我们其他三人和我们的沉默。诡谲的四胞胎（又是什么奇异父母所生？）我们以彼此为食，就像癌细胞赖己为生，然而，你会相信吗？在我记忆里，那些瞬间的集锦带有怀旧色彩，而这种怀旧通常只留给更美好的事物：佩佩（我看见）在拇指指甲盖上划火柴，正试着徒手从喷泉里捉一条金鱼，我们在电影院里同吃一袋爆米花，他睡了过去，就倚靠在我的肩膀上，我见他嘴上的拳伤便皱眉蹙额，他于是哈哈大笑，我听见他在楼梯上吹口哨，我听见他上楼朝我走来，他的脚步不及我的心跳重。日子如雪片，飞快消逝，纷纷扬扬就进入秋天，如十一月的叶飘落遍地，天空，是冬季寒冷的红色，洒下的日光令人惊悸：我整日昏睡，放下百叶窗，拉上被子蒙住眼睛。到了忏悔节，我们去参加一个舞会，每个人都选定了化装舞服，除了我：爱德扮方济各会修士（正咬着雪茄），佩佩扮江洋大盗，多洛丽丝扮芭蕾女伶；可我想不出扮什么，左右为难，小问题成了大问题。舞会当晚，多洛丽丝带着一只粉红大盒出现了：我摇身一变，成了一位伯爵夫人，我的国王则是路易十六；我一头银发，脚蹬丝缎浅口鞋，戴绿色面具，身缠开心果绿和粉红的丝绸。最初，站在镜前，这吓得我不轻，接着让我欣喜若狂，因为我是那么美丽，后来，华尔兹开始了，佩佩对此一无所知，邀我共舞，而我，噢鬼精的灰姑娘啊，躲在我的面具背后微笑，心想：啊，如果此我即真我，该多好！蟾蜍成王子，锡成金；飞啊，羽蛇神[1]，时光老去：我那史诗的一部分就此结束。

“又一个春天来了，而他们走了；那是四月，雨蒙蒙的丁香四月的第六天，两天之前我们还快快乐乐去庞恰特雷恩湖游玩了一番……照片就是在那里拍的，也就是在那里，在象征性的黑暗里，我们漂过了爱之隧洞。好吧，听着，那天黄昏我醒过来时，窗外和屋顶的雨淅

① feathered serpent，中美洲诸文明信奉的神祇。

淅沥沥——一种静，容我这么说，正穿过宅子，而正如绝大多数的静，这根本不是静：它在门上敲打，在座钟里回响，在楼梯上嘎吱，凑近我，凝视我的脸，爆炸。楼下无线电在说话，在唱歌，然而我知道没人听见：她走了，而佩佩和她一起。

“她的房间翻了个底朝天；我在狼藉里搜寻时，一把吉他崩断了弦，砰地震荡着每一根神经。我急冲上楼梯顶，张着嘴巴，却发不出声：我心智的一切控制枢纽都麻木了；空气在翻腾，地板在伸长，如一架手风琴。有人在朝我走来。我感到他们就像一股压力爬上楼梯；我认不出那是谁，他们仿佛直直闯进我的眼珠。起初我以为那是多洛丽丝，又以为是爱德，是佩佩。不管是谁，他们摇晃着我，又求又骂：那混蛋，他们说，走啦，婊子养的混蛋，走啦，卷走了车，所有衣物钱财，走啦，从此一去不回啦。可那是谁？我看不见：一圈耶稣那样的眩目光晕围绕他燃烧。佩佩，是你吗？爱德？多洛丽丝？我挣脱开，奔回卧房，关上门，无济于事，门把手开始转动，突然之间一切都明了得令人发狂：多洛丽丝最终在她的梦里逮住了我。

“于是，我找出裹在一只旧袜里的手枪。雨已停。窗敞着，房间清凉，弥漫着丁香芬芳。楼下无线电在唱，我耳中有海螺的低哮。门开了；我放了一枪，又一枪，耶稣便消失了，变成了一身脏亚麻套装的爱德；弯下腰，他跌跌撞撞往楼梯挪，接着便一路翻滚下去，像只碎布玩偶。

“一连两天，他倒在沙发上，浑身流血，他呻吟，他哀号，手指拨动一串念珠。他呼求你，呼求他母亲，还呼求上帝。我束手无策。接着艾米从庄园过来了。她应对得很好。她找来一位医生，一个不太惹眼的黑人小矮子。天气骤然间便如七月，可那几个礼拜是我们生命里的冬季；血管冰冻，开裂，天空中那轮日如一坨冰。小矮子医生迈动他的六寸短腿摇摇摆摆走来走去，嘻嘻哈哈，整天开着无线电，喜剧节目不断上演。每天醒来我都说，‘要是我死了……’，却没意识到我已死得多彻底，只是一段尾随着多洛丽丝和佩佩的记忆而已……尾随他们，无论他们在天涯还是在海角：我为佩佩伤心，不是因为我失去了他（不错，那是令我有点伤心的），而是因为我知道最终多洛丽丝也将找到他；日光易躲，夜晚难逃，而梦魇正是巨大的樊笼。

“长话短说：爱德和艾米在新奥尔良结了婚。你明白吗，这是她的幻想成真了；她最终成为了她想成为的人，一名护士……这多多少少还是一个终身职位。之后，我们就一起回到庄园来了；是艾米的主意，是唯一的出路，因为他从此再也不会好转。我想我们将这样在一起继续过，直到宅子沉下去，直到花园长起来，杂草高而密，将我们埋藏于它们的深处。”

伦道夫推开画板，重重伏倒在书桌上；暮色在他讲述的时候悄然降临，将房间抹成一片蓝；外面，麻雀叽叽喳喳，呼唤彼此归巢，这黄昏闲聊时不时被一只庄严的青蛙打断。不用多久，苏就会摇响晚餐铃。然而这一切都没被乔尔觉察到，他甚至没有觉察到身体因为一动不动的久坐而僵硬了：仿佛伦道夫仍在他的头脑中说话，说那些足够真实、却没必要去相信的事情。他迷惑了，因为这个故事就如一部既没情节又没动机的电影：伦道夫真的向他父亲开枪了吗？而且，最关键的是，结局又是什么呢？多洛丽丝和那个糟糕透顶的佩佩·阿尔瓦雷斯又怎么样了？这是他想知道的，也是他开口问的。

“要是我知道……”伦道夫说，又顿了顿，举起一根火柴凑近灯烛；突然而来的烛光使他的脸变得更好看了，光润无毛的皮肤粉嫩无瑕。“可是，我亲爱的，没多少事情能有完满结局：大多数人生是什么，难道不就只是一幕幕不完整的片段吗？‘我们在黑暗中劳作，尽我们所能，倾我们所有。我们的疑问是我们的激情，我们的激情是我们的使命……’[1]是因为想知道结局，我们才去信上帝，信巫术，至少，去信一点什么。”

乔尔还是想知道：“难道你从没试着找找他们到底去了哪里吗？”

“那里，”伦道夫疲惫地笑了笑，“有一册五磅重的大部头，罗列了全世界每一座城镇每一个小村落；我信的是这个，这本年鉴：一天又一天，我按照它给佩佩写信，总是请邮政局长转交；只是短笺，写上我的名字以及为了方便而被我们称作地址的东西。噢，我知道我是永远不会得到回信的。只是这给了我可以信仰的东西。

① 出自亨利·詹姆斯的短篇小说《中年》（“The Middle Years”）。

而那就是平静。”

楼下晚餐铃响了。伦道夫没动。他的脸似乎因忧伤和愧疚而皱缩。“今天下午我很虚弱，很恶毒。”他说着，站起身，邀请乔尔接受敞开的怀抱。“请千万原谅我，亲爱的乔尔。”接着，以晚餐铃一样急切的声音跟了一句，“还请把我想听到的话说给我听。”

乔尔想起来了。“一切，”他轻柔地说，“一切都会好起来的。”

9

耶苏·费韦尔是病了的人。一个多礼拜以来，他的胃都容不下任何东西。他的皮肤干燥如一片枯叶，蒙了一层乳白翳的眼睛看见了怪事：伦道夫的父亲，他发誓，正躲在小木屋角落里；墙壁上糊着的所有漫画剪报和可口可乐招贴画，他抱怨道，都歪扭着，教人来气；一记鞭子声在他脑袋里啪地抽响；乔尔刚捧来的一束向日葵突然之间就变成一群金丝雀，疯狂歌唱，绕屋乱飞；他担心得快要发疯了，因为壁炉台上挂着的阴暗小镜中有个陌生人死盯着他。小福星前来尽他所能帮忙，用面粉口袋蒙起镜子，解释说，那样耶苏·费韦尔的魂灵就不会被困在里面了；他往老人脖子上套了一枚护身符，往空气里撒了几把魔力姜粉，在月亮升起之前就没了人影。“苏，孩子，”耶苏说，“你怎能让我冻成这样啊？烧把火，孩子，这比井底还冷啊。”

苏好声好气地讲道理：“爷爷呀，亲爱的，我们热得都要化掉啦……热得伦道夫先生今天换了三次衣裳。”可耶苏不听，偏要一床被子裹起他两条腿，要一只羊毛袜套在他头上。整座屋子，他争辩说，灌满风声：哎呀，瞧，斯骷利老先生在那里，他神气的红胡子被霜花打成白的啦。于是苏只好走进黑洞洞的院落，去抱一捆柴火。

耶苏悄悄招呼乔尔过去，把留下来照看的乔尔吓了一跳。老人坐在一把藤摇椅里，一条尾穗苋花样的旧拼布被盖住了他的膝盖。他没法躺在床上：平卧的姿势妨碍他呼吸。“给我摇一摇椅子，孩子，”他说，声音尖细，“这样子好……教我觉得是在坐马车出远门呢。”屋里点了一盏煤油灯。椅子在墙上铺一片黑影，咯吱咯吱摇出令人昏昏欲睡的轻柔声响。“你不觉得冷，孩子？”

“妈妈也总是冷。”乔尔说，背脊骨里一阵针刺般的冰凉。别死，他想，他一前一后晃着藤摇椅，椅子腿便轻声说：别死，别死。因为要是耶苏·费韦尔死了，苏就会离开，这里除了艾米、伦道夫、他父亲就没别人了。倒并不是这三人怎么样，而是这座庄园，还有玻璃钟罩下这种一碰就碎的沉寂日子。也许伦道夫会把他带走：旅行的安排是提到过的。而他又给埃伦写过信，那也一定会管些用。

“爷爷，”苏一边说，一边费劲地拖进一捆木柴来，“你真不体贴人，让我摸黑在外头乱找，外头到处是各种各样的野兽爬来爬去，就巴望吃一口我喷香的肉呢。空气里有一股子山猫的凶气呢，真有，我发誓。谁知道会不会是凯格挣脱了镣铐呢？乔尔，亲爱的，插上门闩。”

火烧起来时，耶苏要求把他的椅子朝壁炉挪近。“我从前玩得了小提琴呢，”他说，怅然望着火苗往上蹿，“……风湿病把所有曲儿都从我手指头上偷走啦。”他摇着头，吮了吮牙龈，朝火上啐了一口唾沫。“别动我，孩子，”苏想替他掖被子时，他埋怨道，“跟你说啊，去把我那剑给我拿来。”她从另一间屋里返回，端来一把漂亮的银柄长剑，剑刃上刻了字：无理吾不出鞘，无荣吾不入鞘。“伦道夫先生他爷爷给我的，得是六十多年前了啊。”过去的几天里，他要人将他的宝贝一件一件统统端出来：一把蒙灰、开裂的小提琴，饰有翎毛的德比帽，一只米老鼠手表，一双橘黄色高帮纽扣皮鞋，三只慎视、慎听、慎言小猴的塑像。这些和其他宝贝散落在小木屋各处，因为他不许将它们再放回到他看不见的地方去了。

苏拿来一把山核桃给乔尔，还给他一把夹碎硬壳的钳子。“我不饿。”他说，将头枕在她的腿上。这腿不像埃伦的那样舒坦。你能够明显地感觉到绷紧的肌肉和支棱的骨头。不过她用手指梳捋他的头发，那倒是温柔。“苏，”他轻声说，不想让老人听见，“苏，他要死了，是不是？”

“我猜是的。”她说，声音几乎不带什么感情。

“那么之后你会离开吗？”

“我想是的。”

一听这话，他便抬起头来，恨恨地看着她。“可为什么，苏？”他责问道，“告诉我为什么！”

“嘘，孩子，小点儿声。”她慢吞吞地先绞了绞领巾，又东摸西摸，找到小福星给她的护身符。“不会一直灵下去的，”她说着，拍了拍护身符，“总有一天他要回这里，把我切成片。我再清楚不过了。我在梦里看见了，直到我的心不再跳，不然总听见地板嘎吱嘎吱响。每回有狗叫，我就想，是他，是他回来了，因为狗生来就讨厌那个凯格，一闻到他的气味就叫。”

“我来保护你，苏，”他央求道，“真的，我永远不会让任何人伤着你。”

苏大声笑起来，她的笑声绕屋乱飞，如一只令人惊恐的黑鸟。“唉，凯格只消用他的眼神，就能把你扳倒！”她开始在这闷死人的屋子里发抖，“总有一天他会从窗子爬进来，没谁会听见；要不然我会见他躲在这边和大宅子之间的暗处，捏着把闪亮的长剃刀：主啊主，我见过一百万回了。所以我得跑啊，跑到下雪的地方，他抓不到我的地方。”

乔尔捏紧她的手腕。“要是你肯让我跟你一起，苏……噢，咱们会特别特别快活的。”

“别说傻话，宝贝。”

黄虎斑猫突然从床底下蹿出来，从炉火跟前穿过，弓起背，发出嘶嘶声。“他看见了啥？”耶苏嚷道，用剑一指：火光跃上单薄的剑刃，如一只金蜘蛛。“回答我，猫儿，你看见了啥？”猫儿蹲坐下来，阴沉地盯住老人。耶苏嘎嘎笑起来。“想跟老耶苏闹着玩，”他说，摆了摆手指，“想吓唬他呢。”他闭上了失明似的蓝翳眼睛，头往后仰去，一只穿长筒袜的脚便悬空晃荡起来，如中国人的辫子，他叹气道：“没啥时间剩下来闹着玩喽，猫儿。”说完，将剑抱在自己胸前：“斯骷利先生在我婚礼那天给我这个；我和我女人，我俩刚跳过一把扫帚[1]，这时候斯骷利先生呀，他说：‘好啦，耶苏，你结了婚啦。’巡回的牧师过来告诉我和我女人说这么做不正当，主是不会容忍的：果然，猫害死了托比，我女人伤心啊把自己吊在一棵树上，大块头的好女人把树枝生生压得弯腰。从前我就这么点儿高的时候，我爸爸就从那树上砍枝条……”他回忆着，他的思绪仿佛是时间中的一座岛屿，往昔则是四周的海。

乔尔夹碎一个山核桃，将壳掷入火中。“苏，”他说，

① jumped over a broom，十九世纪美国南方非裔奴隶的婚俗。婚礼结束时，无合法婚姻权利的新娘新郎跳过一把扫帚，以示永结同心。

“你听说过一个叫阿尔西比亚德斯[1]的人吗？”

“你说啥人？”

“阿尔西比亚德斯。我不知道。是伦道夫提起的，说我长得像他。”

苏想了想。“你准听错了，亲爱的。他一准说的是阿利卡斯特。阿利卡斯特·琼斯是天国教堂镇上的孩子，以前是唱诗班的。看上去像个白色天使，真叫那个漂亮，弄得牧师和所有先生太太都爱上了他。至少大伙是这么说的。”

“我敢打赌我能比他唱得好，”乔尔说，“你知道吗，我敢打赌我能在歌舞杂耍秀上唱歌，挣好多好多钱，足够给你买件裘皮大衣，苏，还有像礼拜天报纸上的那些裙子。”

“我想要红裙子，”苏说，来了精神，“穿红的可好看啦，我啊。我们会给自己弄辆车？”

乔尔兴奋得忘乎所以。那似乎太真实了。他沐浴在聚光灯之下，一身燕尾服，翻领上别着一朵栀子花。可惜他能从头唱到尾的歌只有一支。于是他说：“听好了，

① Alcibiades，雅典杰出的政治家、演说家和将军，以英勇和貌美著称。

苏。”开始唱：“平安夜，圣善夜，万籁静，光华射，照着圣……”他的嗓音高而甜，像个小姑娘，可唱到此处突然垮了，变得难听、阴阳怪气。

“啊哈，”苏会心地点点头，“小蝌蚪要长成鱼啦。”

壁炉里，一截木柴毕毕剥剥爆得厉害，送出飞溅的火花；接着，毫无征兆地，一窝初生的烟囱清扫者掉进火焰，瞬间着了火碎裂开来：小鸟没叫没挣扎就烧死了。乔尔有些愕然，没作声，苏则惊得发愣。只有耶苏说话。“火里，”他说，若不是那么静，你根本听不见他的声音，“最先来了水，最后来了火。《圣经》宝书里没地方说起为什么我们夹在中间。说没说？不记得了……啥都不记得。你们，”他的嗓门尖起来，“你们这些人！热死啦，着火啦！”

10

一个礼拜之后某个异常灰冷的下午，耶苏·费韦尔死了。就像是被人挠痒痒，他在一阵突如其来的、绝望的咯咯笑声中死了。“兴许，”就像苏说的，“上帝说了什么好笑的事呢。”她替他穿上他那套背带小套装和橘黄色皮鞋，戴上德比帽；她往他手中塞进一束狗牙堇，将他放入一副雪松木棺：他在里面待了两日，其间，艾米在伦道夫的帮助下替他择一处下葬地，最后他们说，就在那株月亮树之下吧。这树之所以得其名，是因为它会开出一树圆圆的象牙白，它长在庄园背后很远的一处冷寂的地方，苏一个人铲土刨坑，除了乔尔外没人帮。他们好不容易最终挖出的浅坑，让乔尔想起从前夏天在后院里挖出的游泳池，眼下那些夏天是何其遥远啊。拖那雪松棺材是一件苦活儿；最后，他们用绳索套住约翰·布朗，那头老骡，由他将棺材拖到坑脚。“要是爷爷知道是谁把他拉回家的，他准会嘎嘎笑呢，”苏说，“爷爷真的爱你，约翰·布朗：你是他见过最可靠的骡子，他这么说过好多回呢，你好好记着啊。”最后一刻伦道夫才传话来，说他没法参加葬礼，捎信来的艾米以他的名义念了一段祷词，也就是说，嘟哝了一句话的样子，并且划了一个十字：为此仪式她特地戴了一只黑手套。然而耶苏没有替他哭丧的人，月亮树阴影里的这三个就像是一伙心不在焉的人，凑在车站送别朋友，正如送行的人巴巴地盼望火车汽笛解放自己，他们三人都想听见厚厚的泥土落在雪松木棺盖上的第一声闷响。乔尔觉得奇怪的是，大自然并不认为这是一件肃穆的事情：棉桃似的云朵在蓝得骇人、如小猫眼睛的天空中，以一种惹人怜爱的无礼冒犯了逝者。一个在如此狭隘的人世上久住一百余年的居民应当享受更崇高的敬意。他们下棺时，雪松木棺翻了个底朝天，可苏说：“让它去，亲爱的，我们没有异教巨人那么大力气。”她摇摇头：“可怜啊爷爷，摔了个脸朝下进天堂。”她拉开手风琴，岔开双腿，脑袋往后一仰，一声吆喝：“主啊，将他拥入您怀里，带他走四方，主啊请您绝不要、绝不要责难他，主啊，他见到了荣耀，主啊，他见到了光……”至此为止，乔尔还没完全接受耶苏·费韦尔的死；任何一个活了这么久的人都是死不了的；在内心深处，他多少觉得老人是在装死；可当苏那安魂曲的最后一个音符化为沉静时，它便成了真实，耶苏便真的死了。

那天夜里，睡眠犹如大敌；梦，这条长翅膀的复仇鱼，时而破水而出，时而潜入水底，一直折腾到破晓时分，直到天边那片光亮让他睁开了眼。乔尔匆忙扣上马裤纽扣，蹑手蹑脚穿过静悄悄的宅子，从厨房后门溜了出去。头上，月亮灰白，如一枚渐渐隐身水中的卵石，交织的曙色冲向天空，在粉彩的变幻莫测中战栗着。

“我这是不是像头驮东西的骡子？”乔尔穿过院子朝小木屋走去时，站在门廊上的苏咋呼道。一捆塞满家当的被子在她背上鼓起；手风琴系在她的腰带间，悬着像条毛毛虫；除此之外，她还有一只原来装果酱瓶的大箱子。“等我到特区就该成驼背喽。”她说，听上去像是灌下了一加仑葡萄酒，而她的喜悦，在晨曦的暗淡里，教他厌恶：她有什么权利这么快乐？

“你可不能把所有东西都带上。一则，你看上去就像个傻瓜。”

可苏只是曲曲手臂，跺跺脚：“亲爱的，我觉得自己就像是九十九节火车头呢；马上要打这儿出发，一路狂奔：哎呀，我估计不到天黑就能到特区啦。”她后退一步摆了个姿势，随即，像要行屈膝礼似的，提起上过浆的平织棉布裙子：“漂亮吧，嗯？”

乔尔挑剔地眯起眼睛来。她的脸扑了一层白面粉，某种泛红的油点燃了她的脸颊，她还往自己身上抹了香喷喷的香草精，用油脂将头发涂得亮光光。她在自己的脖颈上系了一条柠檬黄丝巾。“转个身。”他说。随后，她照做了，他却走开了，故意缄口不语。

她倒是平静地接受了他的冒犯，只是说：“你怎么偏要拉长个脸，把一切不快都写在脸上？我觉得你该替我高兴才是，我们可是好朋友。”

他猛地扯断了一根垂曳的常春藤，所有挂在屋檐下的罐子都因此晃荡起来：它们相互碰撞，乒乒乓乓一阵响，像一扇扇门相继关上。“噢，你可真好笑啊。哈哈哈。”他甩给她一个伦道夫式的冷酷表情，挑起眉毛，“你从来就不是我朋友。说到底，我这等人怎么会和你这等人有任何共同之处呢？”

“宝贝，宝贝……”苏说，声音温柔地颤抖，“……宝贝，我向你保证：等我安顿下来……我就叫人来接你，照管你一辈子。我对上帝发誓要是我说话不算话就教他的天雷劈死我。”

乔尔扭身跑开，扑向一根廊柱，抱住它，依偎它就好像只有它才懂他、爱他。

“你就待在那里吧，”她口气强硬地说，“你快要是个大人了；想想，怎么像个小姑娘一样甩脸色！唉，要我说，你真给我丢脸。正要给你我爷爷的漂亮好剑……看来眼下你还不是条好汉，配不上它呢。”

乔尔拨开常春藤的帘子，一步跨将出去，走进院子；笔直穿过去，不要回头，这样就能惩罚她了。可当他走到树桩那里，她却还没心软，也没唤他回来，这下他停下脚，原路返回门廊，严肃地盯着她那双非洲人的眼睛，说：“你会叫人来接我？”

苏微笑着，将乔尔半抱半提起来："等我找到一个让我俩搁脑袋瓜的地方。"她手往下伸进被子捆起的包裹里，抽出那支剑来。"这里的这个是最教爷爷骄傲的东西，"她说，"这下你可别给它丢脸啊。"

他将剑别在腰间。那是一件对付人世的武器，剑鞘冰冷的气魄贴着他的腿，使他绷紧了神经：忽然之间他无比有力，无所惧怕。"我衷心感谢你，苏。"他说。

她整了整被褥，提起装着果酱瓶的箱子，摇摇晃晃走下台阶。她的呼吸扑哧扑哧传来，她每轻快地跨一大步，那上下晃荡的手风琴就洒几滴不和谐的音符雨。他们穿过院落的荒芜，到了大路。太阳在绿意勾边的远处游走；目之所及，破晓的蓝正从树梢上升起，一层又一层的亮色在大地上铺展开来。"我估计地上晨露还没干透我就能走过天国教堂镇：好在被子就在我手边，没准特区下大雪呢。"这便是她最后说的话。在邮箱跟前乔尔停下脚来。"再见。"他喊道，站在那里目送她，直到她变成针尖那般一小点，不见，那手风琴声也消退，逝去。

“……不知恩义，”艾米嗤之以鼻，“又善良又仁慈，我们就是这样的，一直是这样的，可她怎么着？跑了，天知道跑哪里去了，把一屋子人留给我，没一个知道怎么倒夜壶。再说了，不管我还是别的什么，我首先是个淑女啊：我从小接受的就是淑女的教育，而且我在师范学院读满了四年哪。要是伦道夫认为我会给孤儿和痴呆充当保姆……见鬼的密苏里！”她的嘴巴愤怒、丑陋地抖动。“黑鬼！安杰拉·李一次次警告过我，绝不能信任何黑鬼：他们的心智和头发一模一样，全都扭扭曲曲。尽管她还是可以留下做好早饭再走啊。”她从烤箱里取出一盘子松饼，在托盘里摆好，边上还有一碗粗玉米粥，一壶咖啡，“过来，赶快将这端给伦道夫堂弟，然后赶快回来：可怜的桑瑟姆先生也要人喂，这已经够糟了；是的，愿主明鉴……”

伦道夫靠坐在床上，没穿衣服，被子掀掉了；晨光里他的皮肤呈透明的粉红，光滑、滚圆的脸嫩得诡异。他腿的上方架着一张日式小几案，上面一堆冠蓝鸦羽毛，一只糨糊罐，一张硬纸板。“其乐陶陶，是不是？”他说，抬眼朝乔尔一笑，“托盘搁一搁，过来坐一坐。”

“没时间。”乔尔神秘兮兮地说。

“时间？”伦道夫重复道，“我的上帝，我以为此物我们囤积过多。”

乔尔吞吞吐吐：“苏走了。”他急于见到这一通报带来戏剧效果。可伦道夫偏偏不让他满意，因为和艾米恰恰相反，他显得毫无不快，甚至都不吃惊。“她真是够无聊的，”他叹了一口气，“也真是够荒唐的。因为她回不来了，没谁回得来。”

“反正她也不会想回来，”乔尔冒失地回答，“她在这儿不快乐，我不觉得有任何东西能让她回来。”

“我心爱的孩子，”伦道夫说着，将一片冠蓝鸦羽蘸入糨糊，“快乐是相对的，而且，”他继续说着，一边将羽毛固定在硬纸板上，“密苏里·费韦尔将会发现她所离弃的一切正是她在一个大拼图中的适当位置。就像这样，”为了让乔尔看见，他举起硬纸板，上面一根根羽毛排列，看起来就如一只定格住的活生生的鸟儿，“每片羽毛，根据大小和颜色，都有一个特定位置，若任何一片稍有偏差，唉，它看上去就不真了。”

记忆如一片羽毛在空中飘浮；乔尔的心灵之眼看见

了那只冠蓝鸦翅膀扑簌拍打墙壁，而艾米淑女那般文雅地举起一根拨火棍。“要是一只鸟不能飞，还有什么用呢？”他说。

“请再说一遍？”

乔尔自己也不能肯定自己的意思：“另外一只，真的那只，它能飞。可这只什么都做不了……除了也许看上去像活的。”

伦道夫将硬纸板朝边上一推，躺了下去，手指敲打着自己的前胸。他垂下眼帘，闭起眼睛的模样显得罕见地不堪一击。“在黑暗中更好，”他道，就像是说梦话，“能否有劳你，我亲爱的，去柜里拿一瓶雪利酒来？然后，拉下所有窗帘，记住，务必踮起脚，然后，噢请你非常轻非常轻地，将门带上。”就在乔尔完成最后一项请求时，他欠身说：“你说得相当对：我的鸟不能飞。”

因为一勺一勺喂桑瑟姆先生吃早饭，过了好一阵子，乔尔的肚子里仍有气在乱窜，他坐在那里，以急促而呆板的语调大声给桑瑟姆先生读书。这故事，不过是这么个事，讲一位金发淑女和一位褐发男士住在一栋十六层高的房子里；这位淑女说的绝大多数话都令乔尔羞于重复。“心爱的，”他读道，“我爱你爱得没有一个女人能比，可是兰斯，我的至爱，趁我们的爱还熠熠发光，请现在离开我。”桑瑟姆先生一直在微笑，哪怕读到最悲伤的部分；他的儿子望着他，想起每回自己扮鬼脸埃伦就会给他的一番恐吓。“记着我的话，”她会说，“它可是会那样僵在你脸上的。”显然，这命运倒是降临在桑瑟姆先生头上了，毕竟他脸上通常毫无表情，如今却挂着咧嘴笑至少八天了。结果了奔赴百慕大度蜜月的美丽淑女和迷人男士之后，乔尔又继续读了一则香蕉蛋奶沙司派的食谱：对桑瑟姆先生来说反正都一样，浪漫故事也罢，食谱也罢，他都两眼紧盯，赋予无比的关注。

那会是怎样的感觉，要是你眼睛几乎永远不闭，永远反射同样的天花板、亮光、脸孔、家具、黑暗？然而，如果那双眼睛逃不开你，那你也就避不开它们了；某个时刻它们看来确实渗透得一屋子都是，它们潮湿的灰色像水雾一样蒙上了一切；倘若那双眼睛要流泪，流的也不会是寻常泪，而是灰的或绿的，反正带有某种颜色，并且是固态的，像冰。

楼下客厅里收藏着一批老书，乔尔在那里翻找时，偶然发现一本苏格兰传说。其中有则故事讲一个家伙愚蠢地配制出一种魔法药水，这药水能让他读出别人的想法，看透别人的灵魂；他所目睹的邪恶以及由此受到的惊吓，使他双眼变成了不会愈合的疮口：他就这样度过了余生。这故事给乔尔留下了深刻的印象，以至于他半信半疑地觉得桑瑟姆先生对自己头脑里的真实想法一清二楚，因此他尝试将自己的思绪转移到非个人的方向。“……将糖、面粉、盐混合并打入鸡蛋黄。一边不停搅动，一边注入接近沸腾的牛奶……”他时不时会受到罪疚感的折磨：他应当更同情桑瑟姆先生才是，他应当试着去爱他才是。倘若他从未见到桑瑟姆先生就好了！他就可以继续把他想象成这样或那样的帅气模样，想象他说起话来声音慈爱而洪亮，想象他真的是他的父亲。这位桑瑟姆先生当然不是他的父亲。这位桑瑟姆先生什么都不是，只是一双狂人的眼睛。“……倒进烤好的派皮。盖上……说是蛋白爽[①]还是什么类似的……然后去烤。可做出九寸的派。”他放下杂志，那是艾米订的一份妇女刊物，然后开始替桑瑟姆先生整理枕头。桑

① 乔尔将“meringue”（蛋白霜）误读成“meringay”。

瑟姆先生的脑袋晃来晃去，就像在说别别别；其实，他在说："孩子好、好孩子好。"一遍又一遍，他的声音刺刺的，仿佛喉咙里卡了一把针。"球、好球。"他说着，往地下丢了一只红色网球，而乔尔去捡时，僵在他脸上的笑则变得愈发呆滞，在那张灰色的骷髅脸上作痛。一声口哨随即划破紧闭的窗户。乔尔扭头去听。三下疾鸣，一声横斑林鸮长啸。他走到窗前。是艾达蓓尔，她在楼下花园里，亨利跟在身边。窗户卡住了，他便朝她打手势，可她却看不见他，他便赶紧朝门口走。"坏，"桑瑟姆先生说，接着床上所有红色网球都脱手了，"孩子坏、坏！"

乔尔绕路回到自己房间，留足时间将剑佩上，然后奔下楼，出门来到花园。自从结识艾达蓓尔以来，他第一次感觉她见了自己是高兴的，如释重负的神情在她脸上舒展开来，一瞬间他还以为她大概要拥抱他了：她举起两条手臂来像要这么做似的，可接着却弯下腰去，搂住了亨利，死死抵着那龙钟猎犬的脖子，直到他哼哼起来。"出什么事了吗？"他说，因为她既不说话，在某种程度上也不搭理他，也就是说，没有给他足够的关注，连对他的佩剑也只字不提，并且当她说“我们还怕你不在家呢”的时候，所有那些野劲儿都在她的嗓音里干涸了。乔尔觉得自己比她更强大，也自信起来，他和另一个艾达蓓尔——那假小子——在一起时，从来不曾有过这种自信。他在她身边蹲下来，在宅子的阴影里，郁金香花茎依偎过来，芋艿叶仿佛一把把阳伞在他们头顶上撑开，叶面上留着蜗牛爬过的道道银痕。雀斑之下她的脸显得苍白，一道肿起来的指甲划痕在她脸颊上十分惹眼。“你这是怎么弄的？”他说。

她的嘴唇煞白了，愤愤然答道：“馥洛拉蓓尔。那该死的混蛋。”

“女孩子不能是混蛋。”

“噢，她就是个混蛋。不过我指的不是她。”艾达蓓尔将猎狗揽上自己膝头，他便懒洋洋、服服帖帖躺在那里，由着她在他肚皮上捉跳蚤。“我指的是我爸那老混蛋。我们几个结结实实干了一架，他和我和馥洛拉蓓尔。因为他想要一枪崩掉亨利，是馥洛拉蓓尔撺掇他干的……说是亨利染上了要命的病，那是彻头彻尾不要脸的谎话。我猜我打断了她鼻梁骨，还打掉了她几颗牙；至少我和亨利离开时，她血流得够呛。我们在黑暗里游荡了一夜。”她突然哈哈大笑起来，是她那种耳熟的粗放的笑，“太阳快升起来时，知道我们撞见了谁？苏·费韦尔。她几乎喘不过气来。她驮了那么多破烂：老天，耶苏的事让我们挺难过的。老头子死了，竟没人听到一丝风声，够怪的。不过就像我跟你说过的，庄园里出了什么事，有谁会知道呢？”

乔尔想：世上任何地方出了什么事，又有谁会知道呢？除了桑瑟姆先生。他什么事情都知道，他那双眼睛凭某种魔术巡游了整个世界：此时此刻它们正盯着他呢，对此他深信不疑。而且，也很可能，倘若桑瑟姆先生有意，他就能向伦道夫透露佩佩·阿尔瓦雷斯的下落。

“你不用担心，亨利，”艾达蓓尔说着，弹开一只跳蚤，“他们甭想动你一根手指头。”

“可你打算怎么办？”乔尔问，“到时候你总得回家去。”

她揉了揉鼻子，凝视着他，眼睛奇大又楚楚动人：倘若换了其他人而不是艾达蓓尔，乔尔会觉得她是想要讨好他呢。“没准回去，”她说，“没准不回去，这就是我为什么来找你。”突然之间她就一本正经起来，将狗从腿上推开，两只手以同志似的热切扳住乔尔的双肩：“你想不想离家出走？”还没等他说出自己的想法，她又急切地继续道：“我们今晚天黑之后可以进城。巡回游乐秀来镇上了，会有好多好多人。我真是很想再逛一逛巡回游乐秀，有人说今年他们带了一架摩天轮来，还有……”

“可是，我们要去哪里？”他说。

艾达蓓尔的嘴巴张开，又闭拢。显然她没怎么考虑过这件事，世界如此之大，可挑选的去处如此之多，她能找到的话就只是：“去外面；我们就去外面四处逛逛，直到碰上个好地方。”

“我们可以去加利福尼亚，摘葡萄，”他提议说，“在西部你只要十二岁就能结婚。”

“我不想结婚，”艾达蓓尔说，脸渐红，“哪个见鬼的说我想结婚？现在你给我听着，小孩：你要么表现得体体面面，要么当我俩是兄弟，不然就什么也别做。反正，我们是不想干摘葡萄那种娘娘腔的事的。我想也许我们可以参加海军，我们还可以教亨利几招然后加入马戏班子：嘿，你不也可以学几手魔术吗？”

这话提醒了他：他还没去要小福星答应过的护身符呢；自然，要是他和艾达蓓尔一起离家出走，这魔法一定派得上用场，所以他问她是否知道去克劳德酒店的路。“知道点儿，”她说，“穿过林子，穿过枫香谷，再跨过边上有座磨坊的小溪……噢，远着呢。说到底，我们干吗要去那里呢？”当然他不能说，因为小福星警告过他绝对不能跟人提护身符的事。“我有件紧要的事得见见住那里的人，”他说，接着又想稍许吓唬她一下，“要不然我们会倒霉的。”

他们俩都跳了起来。“别躲了，我知道你在那里，我听见了。”是艾米，她从他们头顶正上方的一扇窗户后喊。不过有芋艿叶作掩护，她看不见他们俩。“亏你想得出来啊，就这样扔下桑瑟姆先生不死不活的，你彻底疯了吗？”他们贴着墙根猫在叶子底下爬，接着飞奔上小路，跑进林子。“我知道你在那儿，乔尔·诺克斯，立即给我上来，先生！”

谷地深处，深色糖浆在藤蔓缠绕的枫香树皮上结了痂；泛白苹果树叶般的绿巫蝶上上下下到处翻飞；一溜自在的喇叭百合（就像老人们说的，唯有圣人和英雄才能听见它们神秘的繁茂）向他们示意，如一只只戴蕾丝手套的鬼手。艾达蓓尔不断挥动双臂，因为飞蚊实在是猖狂：到处是蚊虫滋生的水坑，如打破的巨大镜子撒了一地的碎片那般闪着光，又被亨利那慢悠悠的步子一路踩碎。

“我有点儿钱，”艾达蓓尔说，“实际上，我差不多有五十美分呢。”乔尔想到他收在盒里的零钱，于是吹嘘道他有更多。“我们去巡回游乐秀把钱统统花光。”她说着一个腾跃，青蛙似的跳过一根鳄鱼般的朽木，“再说了，谁需要钱啊？至少眼下我们不需要……除了兴奋剂[1]。我们得攒足钱，这样每天就可以喝一瓶兴奋剂。要是不来一瓶冰凉兴奋剂，我脑瓜就发烫啦。还有香烟。香烟自然是本人一大享受。兴奋剂、香烟加亨利是我唯一的爱。”

“你有点儿喜欢我，是不是？”他说，本并不想说

---

① 早期的可口可乐含可卡因，美国南方保留了将其称为兴奋剂或麻醉剂（dope）的习惯。

出口的。反正，艾达蓓尔只顾哼唱，“……月光下的大狒狒，只顾梳他的红褐毛毛……”，并不回答。

他们停下脚，去刮枫香树胶，俩人站在那儿时，她说：“我爸爸会为了找我把这地方翻个底朝天，我打赌他会向布鲁埃先生开口借他那头老寻血猎犬的。”她开口哈哈笑起来，枫香胶汁从她嘴角渗出来，一只绿色蝴蝶停在她头上，恰似扎起她一缕头发的丝带。“有一回，他们要抓一个逃出来的囚犯（就在这片谷地），布鲁埃先生和他的猎狗和萨姆·拉德克利夫和罗伯塔·莱西和治安官和农庄上所有的狗；天黑之后，我们远远就能看见他们的提灯在这片林子里忽闪忽闪，听见狗吠；就像过节了呢：爸爸和所有男人还有罗伯塔·莱西都醉得乱叫乱嚷，你能清清楚楚听见老罗伯塔那驴嚎传到正午城再弹回来……你知道，我真替那囚犯难过，替他害怕：我不停地想我就是他而他就是我，他们要逮的是我们两个人呢。”她啐了一口枫香胶，就像在啐烟草，两根拇指钩着她卡其短裤的皮带襻，“不过他逃掉了。他们不曾逮住他。有人认为他仍在附近……躲在克劳德酒店，没准，或者住在庄园里。”

“庄园里是住着个人，”乔尔来了劲儿，接着，略微失望地加了一句：“只是那人不是逃犯，是位女士。”

“女士？你是说艾米小姐？”

“另一位女士，”他告诉她，又后悔提到这事，“她戴一顶高高的白色假发，一身迷人的老式连衣裙，不过我不知道她是谁，甚至不知道她是真是假。”艾达蓓尔却只像看傻瓜一样看他，所以他只好尴尬地笑了笑，说：“我只是在开玩笑，我只想吓唬吓唬你。”他不想回答问题，于是跑到前头，佩剑拍打着他的大腿。他觉得他们已经走了很远的路了，并玩味着一个念头，他们这是迷路了：也许并不存在这么一座酒店，它的名字令人联想到雾霭般飘逸于林中的白色宫殿。这时他跟前出现了一道荆棘，他抽出剑来，砍出一条开口。“女士先行，我亲爱的艾达蓓尔。”说着，他深深一鞠躬，而艾达蓓尔一声呼哨招来亨利，跨了过去。荆棘另一侧不远处有一片粗糙的鹅卵石滩，沿滩有一条溪——倒不如说是一条河——懒懒地流淌着。一片枯黄的竹丛先是遮住了一条破堤坝，而堤坝之下，一间稀奇古怪的房子踩着几根高木桩横跨水上：房子是用未上漆的木板条搭起来的，如今已经泛灰，一副奇怪的、半途而废的模样，像是造房人受到恐吓，工程进行到一半便落荒而逃似的；残存的屋顶上三只晒太阳的秃鹰弓着背坐着，天的澄蓝穿透窗户，蝴蝶飞进飞出。乔尔满心懊丧，因为他觉得，唉，这便是克劳德酒店了，可艾达蓓尔却说不是，说那是一间废弃的磨坊，许多年前农人们会到这里来磨玉米。“原先这里有一条大路，通向克劳德酒店；如今除了林子什么都没了，连一条能摸去那边的小道都没了。”她捡起一块石头，朝秃鹰掷去；它们从屋顶顺势而下，掠过石滩，影子形成相扣的懒洋洋的圈。

比起他和艾达蓓尔洗澡的地方，这里的水更深，而且颜色更暗，是一种浑浊的、深不见底的橄榄色，当他知道不必游过去时，他大大松了一口气，这口气壮了他的胆，让他敢从磨坊底下走，那里横着一根厚重但朽烂的梁木，他们可以借此路过溪。

“最好让我先走，”艾达蓓尔说，“木头太老，会断。”

可乔尔抢到她前面，开始走，不管艾达蓓尔怎么说，毕竟他是男孩，她是女孩，要是再让她占上风，那他可就彻底完蛋了。“你和亨利跟着我。”他喊道，在突如其来的地窖似的黑暗之中，他的声音空荡荡。闪亮的水影蛇行着爬上支撑磨坊那一根根开裂、朽蛀的木桩；铜色的水生蝽类昆虫在精巧的虫丝秋千上晃悠，拳头大的菌菇在潮湿的朽木上绽放。乔尔一步一步小心往前挪，用佩剑保持平衡，目光尽量避开就在自己脚下晃荡着的、令人眩晕的深溪，紧紧凝望着对岸，在那里，阳光下，果实累累的葫芦藤从红土中迸发，绿而充满希望。尽管如此，他突然间又感觉永远抵达不了对岸：他会一直平衡在此，悬在两岸之间，在黑暗中，孤单一人。接着，当感觉到横木随艾达蓓尔的步子摇晃起来，他才想起自己是有同伴的。然而。他的心一下子跳到嗓子眼，蹦出来了，整个身体都僵成硬铁。

艾达蓓尔嚷道："怎么啦？你干吗不走？"

可他不能告诉她。也不能让自己发出响动。因为不到一英尺远，盘着一条铜头蝮，有他大腿粗，鞭子长；箭头状的脑袋伸出来，种子般的小眼睛警觉而锐利，乔尔浑身上下一阵针刺，好像已遭蛇咬。艾达蓓尔来到他身后，越过他肩头看。"耶稣啊，"她低语，"噢耶稣啊。"她的手刚一碰到他，他就肝胆俱裂了：溪流冻结，如水平的樊笼，他双脚往下沉，他们站着的横木仿佛是流沙。桑瑟姆先生的眼睛怎么会长在蝮蛇脑袋上？

“打他，”艾达蓓尔喝道，“拿剑。”

是这条路：他们正往克劳德酒店去，是的，克劳德酒店，那里有个戴红宝石戒指的人正在水底下游曳，是的，伦道夫正在翻阅他的年鉴并发信至香港，至西班牙港，是的，可怜的耶苏死了，是被叫托比的猫夺了命（不是，托比是个小婴儿），是被掉进灶火中的烟囱清扫者夺了命。还有苏：她到华盛顿了没？那里在下雪吗？为何桑瑟姆先生这么死盯着他看？真的是非常非常没礼貌（埃伦会这样说的），桑瑟姆先生从来不闭眼的确真的是非常没礼貌。

那蛇，笃悠悠舒展开，朝他们滚滚游来，艾达蓓尔尖叫：“打他，打他！”可乔尔当然只想着桑瑟姆先生的凝视。

艾达蓓尔将他一扳，安全地推到自己身后，从他手中夺过剑。“大老头子混蛋。”她一声嘲笑，朝蛇刺去。那蛇一时似乎僵住，可接着动作迅速得令人猝不及防，整条身子弦一般铛地绷紧，往后一勾，猛地往前刺来。

“混蛋。”她一声吆喝，眼睛一闭，挥剑如镰，铜头蝮啪的一下弹上天，一个翻身，栽落下来，横于水上：肚皮朝天，惨白而扭曲，如一截百合残根，被流水带走了。

“不去了。”片刻，当沉浸在胜利中气定神闲的艾达蓓尔试图哄他继续前进时，乔尔这样说。“不去了。”他说，因为现在还有什么必要去找小福星呢？他的劫数已过，他也不需要护身符。

11

晚餐时,艾米宣布:“今天我生日。是的,”她说,“真的是我生日,却没一个人记得。要是安杰拉·李在这里,我就会得到一个巨大的蛋糕,每一块里都藏着奖赏:小金戒指,一粒可以穿到我的纪念珍珠项链上去的珍珠,还有小小的银制鞋襻扣。噢,一想到这个呀!”

“生日快乐。”乔尔说,尽管他几乎不希望她快乐,因为他一踏进家门,她就立马从走廊那头冲过来,只想——她自己声称——拿一柄伞敲他脑袋,直到把伞敲烂;伦道夫则砰地拉开他的房门,警告她,而且非常认真,说要是她碰他一下,他就要拗断她该死的脖子。

伦道夫只顾啃猪脚,而艾米不搭理乔尔,也只顾一个劲儿瞪着伦道夫,眉毛越挑越高,噘起的嘴唇颤抖着。

“吃，继续吃，吃成一头肥猪。”她说着，戴手套的手往下狠狠一拍，就像块木头把桌子猛砸了一下，而那只老闹钟被这么一震也开始铃铃响。他们三个都一动不动坐着，直到闹铃自己再也叫不动。接着，随着脸上的皱纹变得像青筋般根根突出，艾米发出一声悲切得离谱的哽咽，又是流泪又是打嗝的。“你这傻兮兮的癞蛤蟆，”她扑哧扑哧喘着气，“还有谁帮过你？安杰拉·李宁可见你被吊死！可是，不，我已经放弃自己这条命了。”她一连串打了十几个嗝，其间间歇性地吐出几句“原谅我”。“我这么告诉你吧，伦道夫，我宁可走掉，去给一帮下三烂黑鬼打扫屋子，也不愿意再在这里多待一秒钟；别以为我没法过下去，美国任何地方的母亲都会把她们的孩子送到我这里来，我们按规矩做集体游戏，玩瞎子摸人和大风吹还有接驴尾，每个孩子我收费十美分：我能过上不错的日子。不，我并不需要靠你，事实上要是我有点理智的话，我该坐下来，写封信报警。”

伦道夫放下刀叉，将它们交叉搁在餐盘上，撩起和服宽袖轻拍嘴唇。“抱歉，我亲爱的，”他说，“不过我恐怕没跟上你的话：你到底觉得我在何处有所过失呢？”

他堂姐摇摇头，神经质地深吸一口气；泪不再落，嗝不再打，突然之间她换上一副羞答答的笑颜。“这是我的生日。”她说，她的声音弱下来，化作一声颤。

“怪哉怪哉。乔尔，你是否觉得天气对一月份来说热得异常？”

乔尔正竖起耳朵分辨他们话音之上的其他声响：三下疾哨，一声横斑林鸮长啸，艾达蓓尔的暗号。他坐不住了，就好像那钟发条松了，同时还把时间整个停掉了似的。

“一月份，不错；你，我亲爱的，出生在（要是有谁信家传《圣经》——当然我得承认谁都不该信它——许多婚礼都被错误地记早了九个月）某个元旦。”

艾米的肩膀羞怯地收缩着，脖子龟缩进去，她又开始打嗝，不过这回不太激愤，倒是有些凄切了：“可是伦道夫……伦道夫我感觉今天就像我生日。”

“那么来点儿葡萄酒，”他说，“自动钢琴放上一曲；再去柜子里瞧瞧，我肯定你能在里面找到一盒陈腐的动物饼干，每粒碎屑里都爬着小小的银蠕虫。”他们擎着灯盏走进客厅，被派上楼取葡萄酒的乔尔快手快脚穿过伦道夫的房间，抬起窗户。下面，新绽玫瑰的篝火，在八月的夕阳里如花之眼燃烧着，它们的馨香似一种色彩，弥漫在空气里。他打了一声呼哨，嘘声唤道：“艾达蓓尔，艾达蓓尔。”于是，伴着亨利，她出现在倾斜的廊柱之间。“乔尔。”她说，有些犹豫，她背后，降临的夜色仿佛给那五根石手指戴上了一只手套，而那暗影里弯曲着的五指正要斜伸过去擒拿她；他一回答，她便匆忙逃开掌握，安全地来到窗下。“你准备好了没？”她替亨利编了一只白玫瑰项圈，自己头发上还怪模怪样地插了一朵。艾达蓓尔，他想，你看上去真是美丽。“去信箱那儿，”他说，“我在那里与你碰头。”天已太暗，没灯无法行进。他在伦道夫书桌上点亮一支蜡烛，走到柜子跟前在里面搜寻，直至找到一瓶未开启的雪利酒。俯身熄灭蜡烛时，他留意到一张极薄的绿色信纸，信纸上是熟悉的讲究笔迹，只写着一个称谓：“我最亲最爱的佩佩。”那么，写那些信给埃伦的是伦道夫，他凭什么一直以为桑瑟姆先生能写一字半句？在黯黑的走廊里，灯光勾勒出桑瑟姆先生房门的轮廓，乔尔停下脚步，这时一股穿堂风推开了门，他就好像在透过望远镜反向的那端看父亲的房间，因为那房间清晰可见，在一片黄色中宛若微缩模型：套着婚戒的手垂在床沿；威尼斯风景被磨砂玻璃球投射出来，染了墙壁、钩花台布，镜子中他的眼睛、他的笑在打转。乔尔踮起脚进了屋，在床边跪下。楼下，自动钢琴开始敲打出断断续续的欢乐调子，然而不知怎么，它并没有打扰此刻的安静和私密。他温柔地捧起桑瑟姆先生的手，贴在自己脸颊上，直到肌肤之间有了温热；他亲吻了枯槁的手指和那枚婚戒，那金环本该箍住他们俩的。“我走了，父亲。”他说。说来，这是他第一次承认他们的血缘之亲；他缓缓站起身来，手心紧贴着桑瑟姆先生的双颊，他们的嘴唇彼此触碰：“我唯一的父亲。”他轻声说着，背转身，下楼梯，他又说了一遍，不过这次全然是跟自己说的。

他将雪利酒瓶搁在房间的衣帽架上，自己躲在帘幕背后朝客厅里窥看；艾米和伦道夫谁也没听见他走下楼梯：她正坐在琴凳上，刻意地摇动一把象牙扇，脚无聊地打着拍子，伦道夫则极其无精打采，一个劲儿盯着乔尔该出现的那道拱门。此刻乔尔已经离开了,奔跑而去,往信箱,往艾达蓓尔,往外面。路仿佛一条河,可以御波漂游其中;就好像有一支烟花筒,被一股突如其来的自由气息点燃,在喷溅的火星中将他疾速推开。“快跑!”他一边呼喊,一边向艾达蓓尔追去,还没把庄园永远抛却在视线之外就停下脚来,这念头是他无法容忍的,而她跑在他前面,头发被风硬生生往后拽:随着路跃入一座山岗,她就好像攀上一架倚月的梯子登了天。翻过山冈,他们停下脚来,喘着粗气,晃动脑袋。“是他们在追我们?”艾达蓓尔问,发间的玫瑰花瓣飘落在空中。他说:“从此再也没人能抓住我们了。”哪怕到了她家附近,他们也一直在大路上走,亨利走在他们俩当中:玫瑰从亨利脖子上的花环上零零落落飘散,浸淫着冷月的色泽。艾达蓓尔则说她饿死了,连玫瑰也能吃下去:“野草、毒蕈也行。”好吧,他说,好吧,等他们一到镇上,他就要大放一把血,请她上R. V. 莱西王廷吃一顿烧烤。他们还聊起他第一次沿着这条路走的那个夜晚,听见她和她姐姐在远处唱歌。他眼睛盯着星星望,一驾老骡车载着他走过沉睡的岩架,新近觉醒的欣喜驱走了冬日般的休眠：同时，还做了一个梦，记忆还来不及重新编织原来的图景，它便已经飞快消散，唯剩下艾达蓓尔，其他一切都如影子遁入黑暗般，变得黯淡，最终消失。“我记得，”她说，“我以为你跟馥洛拉蓓尔是一丘之貉呢；说一句真心话，我这人从不会怎么改变看法的，直到今天。”随后，她似乎有些难为情，于是就蹦蹦跳跳跑下路堤，从涓涓流淌的一溜小溪里掬起清水喝；忽地，她挺直身体，一根手指点着嘴唇，示意乔尔过去。“听见没有？”她低声说。浓密的树叶后面，传来公牛似的声音，还有另一种，这像是一把吉他，彼此混合，如雨点的轻拂，奏出同一节律；一阵难以捉摸、窸窸窣窣的呢喃，轻笑紧跟并非悲伤的太息和比太空更深的静。他们从树木的茂密中穿过，苔藓的软垫缓冲了他们的脚步，他们在一片空地的边缘停下脚：两个黑人，在月光与羊齿叶绞成的朦胧纱线下，赤身裸体地躺着，搂抱着，男人的焦糖色身体被他那肤色更深的情人的手臂和腿缠绕着，他的嘴唇摩挲着她的乳头。哎呀，哎呀，亲爱的西蒙，她轻叹，爱意颤动她的声音，爱意如雷滚过她的身体；慢点儿，西蒙，亲爱的西蒙，慢点儿蜜糖，她柔声哼哼，紧接着身体一下子绷紧，双臂高举似要拥抱月亮；她的情人则横倒在她身上，这四肢肆意伸展的两人，就这样在苔藓的繁盛之上，成了一颗陨落的黑星。艾达蓓尔慌里慌张往后退，弄出很大响动，而乔尔试图跟上她，一边发出嘘声，一边觉得吓着那对情人是多么不应该，还希望她能多待一会儿，因为他看得心脏狂跳，跳得浑身震颤，而那些含混不清的呢喃汇聚成一声充满渴念的呼号：现在他懂了，那并不是咯咯的笑，也不是陡地蹦出口的滚烫的话；而是两个人你中有我我中有你彼此拥有，而此刻，就像大海退潮，他如白骨一般被遗弃在海滩上，然而能从如此之灰如此之寒的海水中出来，至少是一件幸事。他想将艾达蓓尔的手握在自己手里走，然而她拳头紧握，像打了结似的，当他跟她说话，她的眼神里便是恶意、愤怒、害怕；就好像他们在下午所处的位置不知怎么颠倒过来了：在磨坊下面她是那么勇敢，而现在他却没有保护她的武器了，即便这不是事实，他也无从知道她想要杀死的是什么。

摩天轮缭乱的光亮在远处旋转；火箭筒飞起，烟花四散，洒落正午城，如阵阵彩虹雨；笨头笨脑的小孩和他们的长辈们都穿着他们夏季礼拜天最好的衣裳，个个漂漂亮亮，来回溜达，狂欢节的灯影像星星一样在他们眼睛里闪亮；一个年轻黑人从孤牢里悲哀地往外张望，一个佩戴莱茵石首饰的有色人种姑娘，腿上红丝袜招摇，和他们俩唰唰擦身而过时，还冲乔尔淫荡地嚷嚷。在那栋残破的老房子的门廊上，老人们回忆着往年的巡回游乐秀，躲到树篱背后尿尿的小孩子们就在那里嬉笑打闹不肯离开。冰激凌筒从脏乎乎的手指间滑落，好家伙牌爆米花撒了，眼泪也跟着洒下来，不过没有一个人不快乐，没有一个人挂记此刻以外的苦差事。

嘿，艾达蓓尔——怎么样，艾达蓓尔？可是，竟然没一个灵魂跟他搭茬，他不是他们的一分子，他们不认识他；只有 R. V. 莱西记得。“瞧，小宝贝！”当他们俩出现在她那爿王廷门口时，她说道，而聚在那里的众人，那些丝带飘飘、脸蛋漂亮的荡妇和眼神呆滞如牛的红脖子农场男孩，停止了跟着自动点唱机跳曳步舞；一个姑娘走上前，在他下巴上挠了挠。“你哪里找来这个的，艾达蓓尔？他真可爱。”

“别管闲事，小流氓。”艾达蓓尔说，自顾自在柜台边坐下。

罗伯塔·莱西小姐摆了摆手指头。“艾达蓓尔·汤普金斯，我警告过你许多回，在我地盘上不许耍帮派腔。再者，我三令五申，不许你的脚踏进我这地方，看看你这做派跟娃娃脸弗洛伊德[1]一个样，看看你穿得哪像个好端端的年轻姑娘家：好了快走，脏狗也一起带走。”

“拜托了，罗伯塔小姐，”乔尔说，“艾达蓓尔饿坏了。”

“那她就该待家里好好学一学给男人家做饭（哄笑）；再说了此地是大人的餐馆（鼓掌）。罗密欧，提醒我挂块牌子表明那意思。还有，艾达蓓尔，你爸爸来这里打听过你的下落，我看哪，说真的，他打算烧了你那调皮小屁股蛋呢（哄笑）。”

艾达蓓尔斜睨了女店主一眼，接着朝地上啐了一口，双手狠狠插入口袋，大摇大摆走出门去，仿佛她认为这是回击的最好表达。乔尔起身跟随，可 R. V. 莱西一把钳住他的肩。“小宝贝，”她说，摸弄着下巴疣子

① Baby Face Floyd，意指娃娃脸尼尔森（Baby Face Nelson）和漂亮仔弗洛伊德（Pretty Boy Floyd），均为美国的银行抢劫犯。

上探出来的长黑毛，“小天使，你这是交友不慎啊。艾达蓓尔的爸爸说她打断了她那个可爱小姐姐的鼻梁骨，还几乎把她的牙全都打掉啦。”她龇牙咧嘴地笑着，像狒狒那样挠挠胳肢窝，又说，“可别说罗伯塔是只母老虎啊，她对你可温柔了。”说罢递给他一包盐焗花生。“不收钱。”

艾达蓓尔告诉他可以如何处置老罗伯塔那堆花生，不过当然喽，她又心软了，独吞了一整包。然后她让他挽着她手臂，一起到了巡回游乐秀熙熙攘攘的盛会场地。旋转木马是一架惨兮兮的破旧玩具，叮叮当当地转动，那些不被允许乘坐的有色人群聚在远处，比起那些跨在马鞍上的人，从观看它神奇的旋转中获得了更大的乐趣。艾达蓓尔在投镖游戏上花了三十五美分，完全是为了赢回一副墨镜，就像被乔尔弄碎的那副，而当那戴草帽的家伙企图拿一根拐棍搪塞她时，她闹腾得可凶啦！毫无疑问她得到了墨镜，可它着实太大，不断从她鼻子上滑落下来。在十美分帐篷里，他们看见一只四脚鸡（填充标本），还有一个双头婴，像一只绿色八爪鱼一样漂在玻璃缸里。艾达蓓尔端详良久，扭过头来时眼睛湿漉漉的。“可怜的小宝宝，”她说，“可怜的小东西。”鸭子男孩教她高兴了起来；他的确是个滑稽角色，呱呱呱地呱呱着，做出各种各样的呆相，扑动巴掌，手指粘连在一起；某个时刻他还撩开衬衫，亮出长满白羽毛的胸膛。乔尔则更喜欢紫藤小姐——一个可爱娇小的姑娘——他这么认为，艾达蓓尔也是；他们都不太相信她是侏儒，可紫藤小姐却声称自己二十五岁，刚结束盛大的欧洲巡回演出，其间为所有王公贵族都表演过：她自己可爱娇小的金色脑袋上戴着一顶亮闪闪的皇冠；她穿着一双精致的银浅口鞋（她能用脚尖走路，真是一大奇事）；她的裙子是一席紫色丝绸，中间用黄丝腰带扎起。她蹦蹦跳跳，咯咯咯笑，唱一支歌，咏一首诗，当她走下舞台，艾达蓓尔兴奋得——这股劲是乔尔不曾见过的——急忙跑上前去，问她肯不肯赏光跟他们一起喝汽水。“三生有幸，”紫藤小姐说，手指绕着她那金色香肠似的头发卷，“三生有幸。”艾达蓓尔变得低声下气起来；她买来可乐，替他们找到了坐的地方，还不让亨利靠近，因为紫藤小姐坦白说害怕动物。“实话实说，”她大舌头地说，“我不认为上帝是有意创造它们的。”除了那胭脂红的丘比娃娃嘴唇，她孩童般胖嘟嘟的脸像苍白的瓷釉似的；她双手灵巧翻动，像是独立活着似的，她则时不时朝它们瞟上一眼，似乎它们令她困惑不已；它们比小孩子的手还小，这双手，但纤细，成熟，指甲还涂了颜色。"噢，真乃盛情款待啊，"她说，"时下许许多多演员都假模假式，但我是一点也容忍不了假的。我喜欢把我的艺术带给大众……许许多多人看不懂我为何穿戴这么一套行头东跑西跑的……这么说吧，他们跟我讲，你曾在好莱坞当秀兰·邓波儿的替身，一礼拜挣整整一千美金……可我跟他们讲：通往幸福之路并非总是高速公路。"喝光可乐，她摸出一支口红，重新勾描她的丘比娃娃唇；接着就出了件怪事：艾达蓓尔借过口红，在自己嘴上画了条小丑似的又怪又蠢的线，紫藤小姐拍起她的小手，轻狂而满足地尖叫起来。面对这样的兴高采烈，艾达蓓尔只是满心爱慕地傻笑着。乔尔搞不懂她这是中了什么邪。除非那小侏儒对她施了魔咒。可当她继续讨好娇小的黄发紫藤小姐，他忽地意识到艾达蓓尔这是坠入爱河了。不，她不会想现在就离开，时间还多着呢。"三生有幸啊，"对于一道坐摩天轮的提议，紫藤小姐如此回道，“三生有幸啊。”

一道闪电震颤了星星；就在这流光溢彩的瞬间，紫藤小姐的尊贵头饰燃烧起来，摩天轮粉红的灯火里，那玻璃装饰如朵朵玫瑰熠熠生辉，留在下面的乔尔可以看清她那白翼般的双手飘落在艾达蓓尔发间，又振翅而去，挤压黑暗，似乎在吞噬它的实质。她们摇到低处，笑声波纹荡漾，如紫藤小姐长长的腰带，向一道新的闪电飞升，消融在那里；他仍然能听见小侏儒那六孔锡笛似的嗓音，如一只蚊子嗡嗡，不绝于耳，凌驾于露天游乐场的一切喧闹之上：艾达蓓尔，回来吧，他想，心里觉得他会从此再见不到她，她会从此飞到天外去，身边有紫藤小姐相伴，艾达蓓尔，回来吧，我爱你。于是她便在那里了，并跟他说：“你能看得很远，你差不多能碰到天边呢。”于是他登上摩天轮，身边只有紫藤小姐，随着摇摇欲坠的车厢开始嘎吱嘎吱往上爬，他们两个人一起望着艾达蓓尔消失。

风吹得他们提灯一样晃；是风，乔尔心想，因为他看见帐篷顶上的三角旗颤动，废纸片像动物似的在地面上你追我逐，那栋老宅——就在那里一个北方暴匪曾残杀了三位淑女——的墙壁上，破烂的招贴画跳着骷髅的吉格舞。前面的轿厢里坐了一位戴太阳帽的妈妈和她的女儿，小姑娘正抱着一个玉米穗编结的娃娃；她们朝等候在下面的一个农夫挥着手。“你俩最好从那玩意儿上下来，”他回喊，“准备下雨喽。”他们一圈圈飞，风呼啦啦吹着紫藤小姐的紫色丝裙。“离家出走，是不是？”她说，一笑便露出了兔子似的牙齿。“嗯，我跟她说了，现在我也跟你说：世界是个可怕的地方。”她用手臂示意，在空中划了一道弧，那瞬间在他眼里她就是大千世界，就是地理学，是大地和海洋和伦道夫那本年鉴上的所有城市：她那在半空挥动的古怪小手，环抱住了寰球。“而且噢还是个孤独的地方。我曾离家出走过。我有四个姐妹(蔓蒂作为马里兰小姐去了大西洋城，她就是那么漂亮)，个个都是高挑、可爱的女孩子，还有我母亲，保佑她的灵魂，光穿着长筒丝袜就有差不多六英尺高呢。我们住在巴尔的摩的一栋大宅里，那是我们那条街上最体面的一栋，我从来没上过学；我是那么小啊，可以坐在妈妈的针线篮子里，她从前还开玩笑说我能从她的针眼里爬过去呢；蔓蒂有个情郎，他能让我稳稳站在他的掌心上，我十七岁时还得坐在高脚椅里用晚餐。他们说我不必自己跟自己玩，世上还有其他小人儿，他们说，出门找他们去，他们住在花朵里呢。我掰开过好多好多花瓣，可丁香就是丁香，我见过的任何玫瑰里也不见有人住；掰断许愿骨只留下油星，圣诞袜里也只有糖果。后来我二十岁了，妈妈说我该有个情郎，要不然就不对头了，她便坐下来，给新泽西州纽瓦克市的甜心婚姻介绍所写信。你知道吗，有个男人要来娶我：可他太大，而且太丑，而且他已经七十七岁了。啊，即便如此，我或许还会嫁给他，只是当他见我这么小，便说了声拜拜，跳上火车，哪里来回哪里去了。我从来不曾找到过一个甜甜的小人儿。小孩子是有的，可有时候我一想到小男孩会长高就要哭。”编织着这段往事时，她的嗓音在庄严中僵硬了起来，两手交握，静静搁在膝头。艾达蓓尔又是挥手又是呼叫，但风把她说的话朝另一个方向吹走了，紫藤小姐哀哀地说：“可怜的孩子，她是否也觉得自己是个怪物？”她将手放在他大腿上，接着，手指沿着他的大腿内侧往上爬去，似乎她无从操控它们：她惊愕地盯住那只手，却好像无法将它挪开。

而乔尔尽管忐忑不安，心里却明白他如今绝不愿伤害任何人，不论是紫藤小姐，还是艾达蓓尔，还是抱玉米穗娃娃的小姑娘，他那么强烈地希望自己能够说：没关系，我爱你，我爱你的手。世界是个可怕的地方，不错，他知道：没有恒久，什么东西能是恒久的呢？哪怕只是看起来恒久呢？岩石会侵蚀，河流会冻结，果实会腐烂；一刀子捅进去，黑人的血和白人的血一样流淌；训练过的鹦鹉说的真话多过大多数的人，而谁更孤独呢：是鹰还是蠕虫？每朵盛放的心都会凋零，枯萎、空心如孕育它的草根，当老男人越来越像老处女，他的老婆则长起胡子来；一个瞬间到另一个瞬间，一切都在变，变，就如摩天轮上的车厢。草和爱情总是愈发绿的；可记得小小三只眼[①]？向她表示爱，苹果会变金，爱会驱走冰雪女王，只要爱在，就会找到那个人的，无论是龙佩尔施迪尔钦[②]，或者只是乔尔·诺克斯：这是恒久不变的。

远处一幕雨墙朝他们迎面逼来；雨未到，其声早已先到，嗡鸣如一大片蝗虫。摩天轮操作员开始放下轮上

① Little Three Eyes，出自《格林童话》中的《一只眼、两只眼和三只眼》。
② Rumpelstiltskin，《格林童话》中一个名字古怪的侏儒妖精。

的游客。“噢，我们是最后的。”紫藤小姐哀声道，因为他们几乎悬在最顶端。雨墙倒向他们，她甩开双臂像要阻止它。当雨墙像海潮般倒下，艾达蓓尔，所有的人，都逃开了。

此时，只有一个未戴帽子的男子站在下面的空旷里。而乔尔目光迷乱地搜寻艾达蓓尔，起初并没留意到此人。可是游乐场的灯光突然短路，噼啪一阵火星，这情形发生时，男子刹那间就好像变成一片磷光：在乔尔眼里，他伸手可触。“伦道夫。”他喃喃道，这名字掐住了他喉咙口。那视觉一瞬即逝，因为灯光全都啪啪熄灭了，当摩天轮降至最后一站时，他到处都看不见伦道夫了。

“等等，”紫藤小姐命令道，一边整理着她湿透的戏服，“等等我。”可乔尔跳过了她，飞跑过一个又一个可以躲雨的地方，十美分帐篷里不见艾达蓓尔：那里没有其他人，只有鸭子男孩在烛光边玩接龙纸牌。旋转木马那里拥挤的人群中也不见她。他去了车马行。他去了浸礼宗教堂。不久，几乎就不剩下别的可能性了，他发现自己来到了老宅的门廊上。叶子聚成圈，在一片荒芜的宽阔中窸窸窣窣打转；一把空摇椅一前一后轻轻晃动；一张阿尔伯特亲王的招贴画像一只鸟从空中飞来，击中他的脸：他想摆脱它，可它仿佛是活的，他挣扎着，突然间它教他怕，比看见伦道夫还教他怕：这两者他是永远摆脱不了了。可伦道夫有什么教他怕的？他能找到自己，这个事实只证明他是千里眼派来的信使而已。伦道夫永远不会伤害他的（然而还是，不过，但是）。于是他垂下双手：说来也怪，他一这样做，阿尔伯特亲王就自愿地呼啦啦飞进瓢泼大雨里了。他能否也同样轻易地平息另一怒者，那派遣使节假扮成伦道夫的无名之人？庄园花园的藤蔓蜿蜒数英里来缠缚他的手腕，他看见他们的计划——他的和艾达蓓尔的计划，破裂如雷电劈开天空——还不至于，只要他能找到她，于是他跑进老宅：“艾达蓓尔，你在这里，你在！”

回答他的是一阵轰鸣的静；这里，那里，微不足道的声响：雨声如烟囱里的翅膀，鼠爪踏过落了一地的玻璃，那一位总是上下楼梯的少女的脚步声，还有风，吹开门，关上门，风在屋顶上怨声对话，朝他的脸喷着潮湿、酸腐的气息，吐着粗气穿过一个个房间。他任凭那风推着自己：他的头脑如气球一般轻，一般空；寒冰如眸，荆棘似牙，法兰绒是舌；那天早晨他还看见了日出，可是，随着每一步引他向在阴险意图中屹立不倒的峭崖靠近（或者看似如此），他似乎便不太可能再看见日出了。睡眠如烟雾，他深深吸进身体，然而它又变成色彩斑斓的圆环、斑点、火星回到空中，这火使他强撑住自己不直挺挺扑倒在地：是警告，它们，那些星光闪闪的飞虫，别睡，乔尔，在爱斯基摩人的地盘上睡就是死，就是完蛋，记不记得？她感到冷，他的妈妈，她睡过去了，雪花露珠给她的发丝添了香；要是他能为她的眼睛解冻，她此时便会抱住他，就像他对伦道夫说的那样，说道，“一切都会好起来”；不，她已碎了，像水晶，而埃伦捡起那些碎片，放在一个盒子里，盒子周围是团团簇簇的剑兰，五十美分一打。

他在某个地方拥有一间房，他有一张床：它们的许诺像热浪似的在他面前涌动。噢艾达蓓尔，你为何干出这等可恶的事？

门廊上有脚步声；他能听见浸水的鞋吱吱嘎嘎；突然一道手电光从客厅窗户刺进来，在斑驳残破的壁炉镜上停留片刻。镜子被照亮了，像一块啫喱，外面那人的黑影一团烟雾似的模糊地投在上面：没人能认出那是谁，但是乔尔看见灯光扫向别处，听见脚步踏入大厅，知道那准是伦道夫。一种令他汗颜的可能性袭来，那就是自从离开庄园以来，他没有一个行动不受到监视：在桑瑟姆先生的眼里，自己的道别该有多么可笑！

他蹲在一扇门背后；从铰链的缝隙里，他能窥见大厅，其中手电光像一条燃烧的蜈蚣在爬行。倘若现在伦道夫找到了他也已经没关系了，他会欣然接受的。然而仍有什么东西阻止他喊叫出来。那吱吱嘎嘎的脚步向客厅门槛移过来，他听见，“小男孩啊，小男孩”，一阵绝望的呜咽。

紫藤小姐站得很近，他都能够闻到她皱巴巴的丝裙的湿腐；她的卷发散开，小皇冠歪了，黄腰带的颜色褪至地板上。“小男孩。”她说着，手电光在倾斜、破败的墙上晃动，她的侏儒影子和其他飞动的黑影混在一起。“小男孩啊。”她说，声音中的无奈加重了它的悲悯。可是他不敢现身，因为她想要的他给不了：他的爱在土里，碎了，寂了，该是眼睛的地方已成枯花，青苔长在唇上，他的爱在远方，以雨露为生，百合在它的残骸上盛放。她退出客厅，走上楼梯，乔尔竖起耳朵听她的脚步在头顶上响，听她怀抱对他的渴求在错杂林立的房间里搜寻，他对自己生出一种强烈的鄙视来：比起紫藤小姐的恐惧，他自己的又算得了什么呢？他拥有一间房，他有一张床，现在的任何时候，他都可以从这里跑掉，跑向它们。可是对于为小男孩一定会长高而哭泣的紫藤小姐来说，她将永远经历这样顺着一间间死屋搜寻的旅程，直到于某一孤独之日，找到属于她的、躲着的那一个，那微微笑着提着刀的人。

第三部

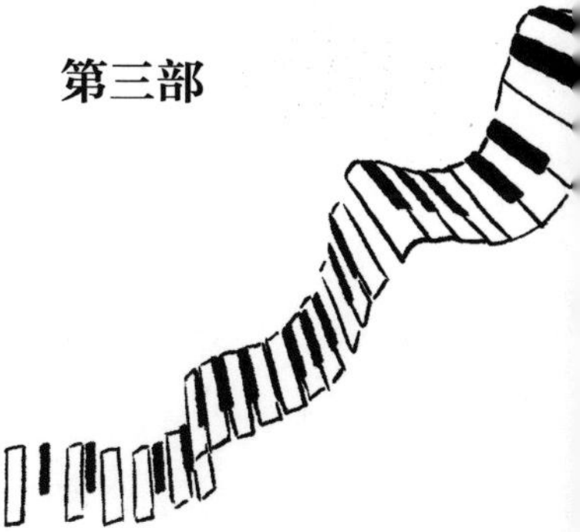

12

他对自己下了判决：他有罪。他的手立即开始执行对自己的裁决：有如受磁石吸引，它们找出一颗子弹，就是从萨姆·拉德克利夫那里偷来的那颗（拉德克利夫先生，饶恕我，拜托你，我绝非存心偷窃），并将它塞进诺克斯少校的老印度手枪（孩子,我跟你说过多少次，别去碰那讨厌的东西？——妈妈，别骂我，妈妈，我骨头疼，我着火了——好人冷死，恶人烧死：地狱的风是蓝的，充满了热病花甜甜的乙醚，头顶犄角、舌尖分叉的孩子在草地上跳舞，草地就是太阳的表面，所有赃物都绑在他们的尾巴上，像猫罐头，一辈子犯罪的铁证)，并让子弹穿过他的脑袋——哎呀呀，没什么，痒痒一挠而已，哎呀呀，然后呢？嘿，看！他就到了一处他从来没想过还会再去的地方——那间隐秘的僻室，在新奥尔良那些炎热下午，他会坐在里面看雪花纷纷，飘落在燃烧的八月树间——驯鹿的蹄音叮叮当当沿街清亮地响过，神秘先生披着他的黑色斗篷，优雅而邪恶的样子，出现在鹿群后面，乘坐一架画舫般美丽至极的雪橇——雪橇由香木做成，一只木雕红天鹅为前端增色，银铃铛像粒粒珠子一般串成一张帆——摆动，飘扬而去，雪橇唱着何其飘忽的调子，划过雪覆的原野，滑下了缥缈的山坡。乔尔则在雪橇上，暖暖地蜷在神秘先生斗篷的褶里。

然而，顷刻之间，他在隐室里指挥探险的法力消失了：一堵冰墙在他们面前拔地而起，雪橇疾速冲向注定的毁灭。那天晚上的广播将使整个国家哀恸：备受敬仰的魔术师神秘先生，以及众人宠爱的乔尔·哈里森·诺克斯，今日在一场事故中丧生，此次事故中还有六头驯鹿遇难，驯鹿……咝咝——撕裂，冰墙如玻璃纸那样撕裂，雪橇穿过冰墙，滑进庄园客厅。

那里似乎正举行一场稀奇古怪的宴会。出席者中有这些人物：桑瑟姆先生，埃伦·肯德尔，紫藤小姐，伦道夫，艾达蓓尔，馥洛拉蓓尔，苏，小福星，艾米，R. V. 莱西，萨姆·拉德克利夫，耶苏·费韦尔，一个裸体、只戴了一副拳击手套的男人（佩佩·阿尔瓦雷斯），西德尼·卡兹（天国教堂镇晨星餐馆的老板），一个厚嘴唇的罪犯，脖子上拴一条链子，链子上垂一把剃刀，像是某种罪恶的耶稣十字架受难像（凯格·布朗），罗密欧，萨米·希尔弗斯坦和圣德瓦尔街秘密九人帮的其他三名成员。他们大都一身缁衣，作相当正式的打扮；自动钢琴正演奏着《更近我主》。他们都没有注意到雪橇，排成一列前倾的黑色队伍，绕着一口剑兰花环簇拥的雪松木匣挪动，每个人往匣内投入一件祭品：艾达蓓尔投了她的墨镜；伦道夫，他的年鉴；R. V. 莱西，她疣上拔下的那根毛；耶苏·费韦尔，他的小提琴；馥洛拉蓓尔，她的克雷斯镊子；桑瑟姆先生，他的网球；小福星，一枚护身魔符；等等等等。匣内躺着乔尔自己，一袭白衫，脸抹了粉，上了胭脂，金棕色的头发梳成湿润的螺旋卷：像个天使啊，他们说，比阿尔西比亚德斯还要美，还要美，伦道夫说。艾达蓓尔号啕大哭，相信我，我试着救他，可他不肯挪动，而蛇又太快了。紫藤小姐将她的小皇冠安放在他头上，她凑得那么近，几乎栽进木匣。听着，她呢喃道，我不是傻瓜，我知道你活着；我不救你，我不说一个字，除非你回答我：死人和活人一样孤独吗？话音一落，那间房间便开始微微震颤，接着加剧，椅子翻倒，珍稀物件柜里的藏品晃落，一面镜子开裂，自动钢琴开始了失控的狂欢，奏出自编的末日爵士：宅子往下沉，沉入泥土，下沉，下沉，经过印第安墓穴，经过最深的根，最寒的溪，下沉，下沉，掉进长犄角的孩子们毛茸茸的手臂里，那些孩子有着承受熊熊烈焰的黄蜂眼。

他太知道摇椅的节奏了，嘎吱——嘎吱，一小时接一小时他听了多久了呢？穿行在空中，雪松木匣最后被晃得混混沌沌的：要是你下沉你就会一直下沉，一前一后，这把摇不停的摇椅，这口雪松木匣。他攥紧枕头，拽住床柱，床飘浮在灯光的海洋上，乘着摇椅摇晃出来的波浪，那浪声是浮标的钟铃声；坐在椅子上朝他步步逼来的海盗又是谁？他使劲辨认时，眼睛却针刺一般痛：有蕾丝面罩从中捣乱，有磨砂玻璃横加干涉，摇椅上的乘客这会儿是艾米，那会儿是伦道夫，再是苏。

可是苏不可能在这儿；她步行去特区了，每走一步，她的手风琴都会宣告一声。一个陌生的声音和他争辩起来，打趣他，奚落他，揭穿他几乎没对自己公开的秘密。闭嘴，他叫喊，还呜呜地哭，想叫它闭嘴，可是当然，那声音是属于他自己的：“我看见你在摩天轮下面。”它责难摇椅上的海盗。“不，”海盗说，“我一直没离开过这里，亲爱的孩子，亲爱的乔尔，我整个夜晚都坐在楼梯上等你。”

他总是咬着苦涩的勺子，或竭力透过浸有柠檬水的围巾呼吸。一双手小心翼翼地放下熟睡的黄昏的帘幕；手指纤细而沉稳，像苏的，游走于他的发间，还有别的手指，摸着更凉，比海洋飞沫更绵密：伦道夫的声音，那语调甚是温柔，更添指尖交织的舒心。

一天下午，摇椅彻底变成了那副模样；剪刀似乎沿着边缘将他的思绪修平整了，当他剥去那些毛边时，伦道夫便显出轮廓，在一旁神圣地明亮起来了。

“伦道夫，”他向他伸出手去，说，“你恨我吗？”伦道夫微笑着，轻声道：“恨你，宝贝？”“因为我走了，”乔尔说，“把你的雪利酒留在衣帽架上就一走了之，走得那么远。”伦道夫伸出手臂搂住他，亲吻他的前额，乔尔痛苦而心怀感激，说：“我病了，而且病得很厉害。”伦道夫回答道：“躺下，我心爱的，躺着别动。”

他就这么飘飘忽忽地坠入了九月；床铺令人惬意的深度似乎足够接近未来，每个毛孔都吸收着它清爽的关照。每当他想到自己，他就把对自己的想法加在另一个人身上，另一个乔尔·诺克斯，他对那个人抱有一种不温不火的兴趣，就像人对童年照里的自己的兴趣：好一个傻瓜！他会很乐意跟这人，这个过去的乔尔摆脱干系的，可是时候还未到，不知怎么的，他仍需要他。每天他都要花相当长的时间端详自己映在手持镜中的脸。总的来说，这是一项令他失望的练习，因为尽管他怀疑自己的男子汉气概即将初见端倪，可镜中所见却无一能具体肯定此猜想，虽说自己脸上已有了某些变化：婴儿肥褪去，棱角显露，目光里的温柔变强硬了；这张脸带着童真的相貌，却无童真的魅力，一张令人担忧的脸，真是如此，对于儿童来说太世故，对于男孩来说太美丽。要说出他的年龄不是件容易的事。让他不满意的就是他一头笔直的褐发。他希望自己有一头卷曲的金发，像伦道夫的那样。

他不知道伦道夫什么时候睡觉；似乎只有在乔尔吃饭或被差去办事时，他才腾出那把摇椅；有时候，半夜醒来，月亮像一只强盗的眼睛从窗外窥入，他会看见伦道夫的止喘香烟仍然在黑暗里一明一灭：虽说宅子已经沉没，却并非只有他一人，还有一人也幸存了下来，这人并非陌生人，而是一个比任何人更友善、更好的人，这个朋友近在咫尺，他的近就是爱。“伦道夫，”他说，“你曾像我这么年轻吗？”伦道夫回答说，“我从来就没那么老啊。”“伦道夫，”他说，“你知不知道？我很幸福。”他的朋友对此默不作声。这幸福的原因似乎只是他没感到不幸；相反，他完全知道他得到了某一种平衡。顺其自然便是。他眼中总笼罩着伦道夫话语的烟雾，就连这个现在也消散了，至少不再让他郁闷了，因为他觉得自己似乎彻底理解了他。在发现——可以这么说——别人的过程中，大多数人会同时产生一种错觉，认为他们在发现自我：别人的眼睛会反射出他们自己真正的美好的价值。乔尔就体验着这种感觉，它强烈至极，因为这是他有生以来第一次品尝到那种胜利，不管是真是假，那种看透一位朋友的胜利。而他不想再担任何责任，他只想把自己交到他朋友的手中，就像在这张病榻上，让自己的生命依附于他。照那面手持镜因此就成了一种折磨：就好像现在只有一只眼睛检视成熟的迹象，而另一只眼睛，渐渐变成两只中更专注的那只，则凝视自己内心，希望自己永远保持这副模样。

“今天空气里有了些许十月的寒意，”伦道夫一边说，一边将开始凋谢的玫瑰插进床边的花瓶，“这是最后的了，我恐怕，它们已凋零，即便蜜蜂也对它们兴味索然。瞧，我带来一件秋的样本，一枚悬铃木树叶。”另一天，尽管天气温煦，他还是生起炉火，他们便就着炉火烤棉花糖，用两百年的老杯子喝茶。伦道夫还表演模仿。他的查理·卓别林惟妙惟肖，还有梅·韦斯特，他不留情面地学艾米，惹得乔尔在床上笑断了腰，他终于因为想笑而尽情地笑了，而伦道夫说哈！哈！他还要让他瞧一瞧真正好笑的事呢。“不过，我得去装扮一下，”他说，眼神瞬间有了生气，做出要离开房间的样子；接着又松开门把手，回过头来，“不过，要是我扮上的话……你一定不许笑。”而乔尔的回答则是大笑，他停不下来，就像在打嗝。伦道夫的笑容像融化的黄油，从脸上流走了，而当乔尔喊道“去啊，你答应的”，他却坐下来，两只手小心地抱着自己圆溜溜的粉色脑袋。“不是现在，”他疲惫地说，“改日吧。”

一天早晨，乔尔收到了自入住庄园之后的第一封信；一张明信画片，伦道夫拿给他的，还拿来一本《麦克白》，是他们说好一起朗读的。“路那头的小姑娘寄来的。”他说，乔尔陡地透不过气来：艾达蓓尔迈开长腿，趾高气扬地从墙那头走来，在摇椅里一前一后摇晃着。自从巡回游乐秀那晚之后，他就没直接想到过她，至于为什么忽略，他无法解释，但也不觉得太古怪：毕竟，宅子沉没时，她和其他人一起被覆盖在下面了，那些人的名字与那时的乔尔有关，如今被枯卷斑驳的十月败叶裹挟着，俱叙写在风里了。然而，艾达蓓尔还是回来了，或许是一个幽灵，可就在此地，在这间房间里——朝独臂理发师扔石块的小混混艾达蓓尔，佩戴玫瑰的艾达蓓尔，舞剑的艾达蓓尔，说自己有时会哭的艾达蓓尔——

整个秋天是那枚悬铃木的叶子和它的红，是她头发的那种红；它的梗，是她粗放嗓音的锈色；它锯齿边的形状，是她脸庞的图样、纪念。

明信片上面有几个喜气洋洋的采棉人，盖了发自亚拉巴马的邮戳，上面写道："科利太太 1/2 姐妹和他是教堂里的洗礼木士上礼拜天我在教堂传了奉献盘！爸爸和馥用枪崩了亨利他们把我弄到这里活。你为什么躲？写给艾达蓓尔 · 汤普金斯。"

好吧，说实话，他不相信她；是她把自己弄到这里"活"的，而且是和紫藤小姐，不是和"洗礼木士"。他将明信片交给伦道夫，后者转手便将它交给炉火；在艾达蓓尔和她的采棉人皱起来的那一瞬间，他宁可失去一双手将他们捞回来，可伦道夫扶了扶金边阅读眼镜，开始了："女巫甲。我们三个何时再聚？等打雷，等闪电，还是等下雨？"[①] 他便静下来聆听，他睡了过去又叫喊着惊醒，因为他尾随艾达蓓尔爬上烟囱，而那里却只有烟，她刚才还在的地方，天空。"静一静，嘘，静一静，"伦道夫的说话声缓慢而轻柔，如快要消逝的光亮，

①《麦克白》第一幕第一场对白。

他对伦道夫相当感激，在他的怜惜之中感到了平静。

所以有时候，他几乎就要把自己对他的爱说出口了；然而让任何人猜到你的感情或所知的程度，都绝对是不安全的：假设——正如他经常做的一样——他被绑票了，在那种情形下，防卫上策正是不让绑票人发现你将他视作绑票人。倘若藏而不露是仅有的武器，那么反派就永远成不了反派：而这个人便可笑到最后了。

况且哪怕他跟伦道夫说了，他又是在向谁袒露他的爱呢？这个人多面如苍蝇的复眼，既非男，又非女，每一层身份都抵消了另一层，是一个装着伪装假面的摸彩袋，伦道夫是谁、是什么？且说一个理想中的英雄，X，一个轮廓，你拿蜡笔在其中填充人物的颜色：无论他的角色是什么，是你让他成形。的确，仅仅试图去摹想他，既看不见也听不见他，他便是隐而不现的，是无法被想象的。但正如伦道夫证实了幻想的合理性，要是神灯精灵会显身，乔尔肯定会请求他让这些封存的日子在日历上延续一个世纪。

然而，这样的日子断了，当时看来，这似乎要怪伦道夫。“我们马上就要去克劳德酒店，”他说，“小福星想见见我们，你也已康复，我想：假装你还没痊愈倒是荒唐可笑了。”他的嗓音背后有一种焦急，那份热切实在教乔尔不相信，因为他感觉到这个计划的动机是私人的、无疑令人不快的，而这些原因，无论是什么，都与伦道夫的真实意愿相悖。于是他说：“我们就待在这里吧，伦道夫，我们什么地方也不去。”当他的请求遭到拒绝，原先关于伦道夫的令人屈辱得牙痒痒的念头又冒出来了。他窝火得想要争吵；这个，当然啦，就是寄人篱下的坏处。他永远不能和伦道夫争吵，因为愤怒似乎甚至比爱更不安全：只有那些知道自己享有安全的人才能承担得起爱或怒。即便如此，他仍然憋不住要说几句，就在这时，外面传来的声音打断了他，把他卷回到从前的日子：“你盯着那边干什么？”伦道夫说。

“是苏……我能听见她，”他说，手风琴的副歌从傍晚的窗外传来，“真的，我听见她了。”

伦道夫恼火了：“倘若她非要搞音乐，天晓得我宁愿她吹口琴。”

“可是她走了呀。”乔尔跪坐起来，“苏离开去了华盛顿……”

“我以为你知道，”伦道夫说，手指拨弄着夹在《麦克白》书页中的丝带书签，“最糟的时候，你病得最重的那段日子，她拿着扇子坐你边上：你什么都不记得了？”

那么说来，苏是回来了，不久他便自己见到了她：次日中午，她给他端来了炖汤；他们之间没有问候，没有微笑，似乎他俩都承受着败兴结局所带来的疲惫的难堪。只是对她来说还不仅仅如此：她好像不认识他似的，站在那里等着被引见。“伦道夫告诉我你回不来了，”他说，“我很高兴他错了。”

她的应答是一声叹息，痛苦得仿佛是从她肺壑心窍里竭力呕出来的。她将自己的前额抵在床柱上，他这时才意识到她的领巾不见了，心中一痛：她歪斜的伤疤一览无余，像扭曲的嘴唇一样睥睨着，而她的脖子被就此分开，失去了它长颈鹿般的高贵。她看上去多么矮小，身处逼仄之中，似乎精神上的某种减损对她进行了双重折磨，并向她的肉体索求：随着身高缩减的错觉，她野兽的优雅，箭矢的尊严，和一颗桀骜不驯的独立的心，都荡然无存了。

“苏，”他说，“你有没有见到雪？”

她看着他，然而双眼却没有与其所视产生联结；事实上两只眼睛彼此对视，就好像凝望着某个令人宽慰的内在愿景。“我有没有见到雪？”她重复道，似乎努力想要弄明白。“我有没有见到雪！”接着她爆发出一串瘆人的咯咯笑，头往后一仰，分开嘴唇，像一个希望用嘴接住雨滴的小孩子。“什么都没见。”她说，猛烈地摇着头，抹了油的黑发来回晃动，像被晒枯的草一般沙沙响，“全是蠢话，雪啊什么的：那太阳！到处都是。”

“像桑瑟姆先生的眼睛。”乔尔自言自语，思绪飘忽。

“是个黑皮太阳，”她说，“而我的灵魂，它是黑的。”她端起汤碗，垂眼朝里瞅，好像吉普赛人解读茶叶一样：“我在路边歇着；太阳直刺我眼睛，直到我差不多瞎掉……”

而乔尔说：“可是，苏，如果那里没有雪，你在特区又看见什么了呢？我是说你难道没碰上新闻短片里的那些人？”

“……我鞋子还有窟窿，石头磨穿了那些个方块J和红桃A；整天都在走，可看起来像是我什么路也没走，我就坐在路边，我两脚火烧一样可看不见一个灵魂。”两行眼泪顺着她瘦削的脸颊往下流，褪去，留下银色的痕迹。“我累得要死，要是我掐一掐自个儿，什么感觉都没，我就一直坐在那寂寞的地方，直到我一抬头见到了北斗七星：就这当口开来一辆红卡车，驱虫的大黄灯从头到脚照着我。”车上有四个汉子，她说，三个白人男孩，还有一个黑人蹲在后面堆成山的西瓜顶上。司机下了车。“一个个子极矮的汉子，像公牛似的抽着雪茄；他连个衬衫都没穿，红毛长到肩膀和手上都是了；他如此安静地走过草地，甜蜜地看着我，我以为他兴许可怜我两脚破了，兴许会问我要不要搭他的漂亮卡车。”来吧，他对她说，弹了弹雪茄，烟灰就落在她脸上，来吧，妞儿，下沟里去；别管为什么，这男的说，猛推了她一把，她便滚下路堤，四脚朝天，像一只金龟子那样无助。“主啊，我当然开始大喊大叫，这头矮公牛便叫我闭嘴，不然他教我脑瓜开花。”她爬起来，开始跑，可另两人听见司机吹口哨，便应声而来，跳进沟里，打两端堵住她去路；那俩男孩都戴巴拿马帽，一个穿了水手裤、大兵衫；就是他逮住她，并喊黑人拿来复枪过来。“那恶黑鬼看上去就跟凯格一个模样，他将枪口顶在我耳朵上，而矮汉他当胸撕下我的漂亮裙子，叫俩巴拿马帽男孩上。我从那枪管里听见主的声音，主说苏，你选错了方向走错了路，你吃了那苹果，他说，而它全烂了，我的主朝下望我，安慰我，就在那些个恶鬼公山羊似的猛干，就在我羞耻地遭罪的时候，我就念圣诗：是的，我虽然行过死荫的幽谷，也不怕遭害，因为你与我同在，是的，真的，我就这么念，蠢货们就大笑，可我的主就变成了那水手男孩的模样，而我们哪，我和主，我们相爱啦。”那俩男孩刚才脱了巴拿马帽；现在又扣回脑瓜上，其中一个对司机说，嘿，他这是怎么啦？司机吸了口雪茄，挠挠耳后，说，嘿，说实话，他这人不太喜欢有人看；好，男孩们说，这就爬回路堤上，黑人跟在他们后头，三人都大笑，笑得司机的脸抽搐，眼睛“像只老公猫一样变黄，奇了怪了，因为他是个没种的”。他没过来碰她，而是无力地蹲在她身边，像是死了情人，像尊神像，这时卡车喇叭响起，男孩们开始叫嚷，他便弯腰凑近。“他把雪茄往我肚脐眼里塞，主啊，火就像一个孩子，在我身体里诞生……”

乔尔捂住自己耳朵，苏说的事太丑陋，她居然会回来，他难受不堪，她应该受惩罚。“别说了，苏，”他说，“我不会听的，我不会……”可苏的嘴唇发抖，双眼茫茫然扭向那个内在愿景；她是一名哑剧演员，处于沉默的咆哮之中——耶稣的喜悦，闪亮如一滴汗珠，让她面容痴呆，她的手指仿佛布道者，震动了空气，喜悦的痛苦猛烈抽动她的胸腔，她的嘴唇分开，欲发出一声低沉的叫喊——她脏腑收紧，张开手臂拥抱永恒——她是十字，她被钉上了十字架。他目睹这一切，却听不见任何声音，这便更是恐怖了，等她温驯地端了汤碗离去之后，他的手指仍塞在自己的耳朵里，直到鸣响大作，甚至震聋了对声音的记忆。

他们确信约翰·布朗是永远也爬不上山冈的。“要是他就这么躺倒，滚在我们身上，我也不会怪他。”伦道夫这么一说，乔尔便收紧自己的肌肉，希望这样会减轻骡子的负担。他们以麻袋为鞍鞯，绳索作缰辔，不管怎样，好歹算是骑跨在骡背上了，虽然伦道夫一路危险地东倒西晃，牢骚不绝，还一个接一个猛吃白煮蛋，而乔尔则提着野餐篮，不停地递蛋给他。“再来一个，亲爱的，我又感到晕得厉害了：要是你感到有什么东西翻上来，就得拿什么东西压下去。”

那是一个烟雾蒙蒙的日子，天空像是一片被雨打湿的锡皮屋顶，太阳，当你看得见它的时候，是鱼肚皮那般苍白，而乔尔呢，硬是被从床上赶起来，并且受到毫不体恤的催促，他根本没时间像样地穿戴打扮，结果冷得起鸡皮疙瘩，因为他穿了一件薄T恤（还里外反穿），一条门襟大多数纽扣都已崩掉的夏季及膝裤。不过至少，他脚上是一双正常鞋子，而伦道夫只穿了一双软绒浅口鞋。“我的脚肿得厉害，我只能把它们硬塞进这里面；真的，光天化日之下，我看上去肯定像妖怪。我有一种糟糕透顶的感觉，这可怜的野兽每次挪动，我的头发就大把大把掉，我的眼睛：它们是不是像骰子那样旋转呀？当然我一股樟脑丸恶臭……”他穿着的西装像瓦斯一样散发着异味；那是一套缩了水的亚麻西装，浆得硬邦邦，熨得亮闪闪，像中世纪的甲胄那样鼓鼓囊囊，嘎吱作响，他的动作极其谨慎，因为那些缝合处不断宣告着粗俗轻佻的意图。

接近十二点，他们下了骡子，在一棵树下摊开野餐的食物。伦道夫带来了水果罐装的斯古佩农葡萄酒；他把酒当漱口水，等酒没了，乔尔就拿空罐套蚂蚁——虔诚虫，伦道夫这样称它们，又说："它们让我充满了噢如此之倾慕，还有啊如此之郁闷：它们神圣、勤恳的盲目行进有着何等的清教徒精神啊，可是一种如此反个性的统治能接纳超乎理解的诗性吗？当然，拒绝驮碎屑者会在他的道路上发现刺客，每张笑脸都是劫数。至于我，我偏好独来独往的鼹鼠：他不是依赖刺和根的玫瑰，也不是存在受不可变更的族群所辖制的蚂蚁；他没有视觉，另辟蹊径，明白真实和自由乃是个人精神的态度体现。"他捋顺头发，哈哈大笑起来：笑他自己，似乎如此。"倘若我有鼹鼠的睿智，倘若我有自由和平等，那么我经营的妓院该会是多么值得称赞啊；虽说我最终更可能做个'谁也不是先生'的太太，一个不穿紧身胸衣的矮胖婆娘，有个榆木脑袋丈夫还有高高矮矮一排小屁孩以及炉灶上的一锅炖煮。"一只蚂蚁爬上他脖颈，急火火地就好像捎带了重要消息，消失在他耳朵里。"你脑袋里有一只蚂蚁。"乔尔说，但伦道夫只是略微一点头，又继续说。所以乔尔依偎着他，尽量礼貌地朝他耳朵里探看。蚂蚁在人脑袋里浮游的想法迷得他神魂颠倒，以至于过了好一阵他才意识到身边的沉默，意识到伦道夫那问讯的目光里的紧张和持久：这神情让乔尔心里有一阵神秘的针刺感。“我在找蚂蚁，”他说，“跑进你耳朵里了；可能会有危险的，我是说，就像吞下一根针。”

“或失败。”伦道夫说，他的脸沉入甜蜜而顺从的褶皱中。

约翰·布朗不紧不慢的步子拨开了松脆的林子，悬铃木在十月雨中撒下香辛料般棕色的树叶：斑驳的小道藤蔓般蜿蜒，穿过瓢泼而下的鲜黄；金花虫栖息在凋败的三叶天南星的尖塔上，鸣唱着它们的接近，而不比露滴大的树蛙，跳跃着，尖叫着，借着整天都昏蒙蒙的光线传递消息。他们顺着一条道路的残迹前行，这里曾经滚过朱漆华辇的轮子，车辇载着抹了马鞭草香的淑女，她们在太阳伞下的阴影里叽叽喳喳，像一群赤胸朱顶雀，身着硬挺混纺棉质衣服的绅士则透过哈瓦那雪茄的紫罗兰烟雾彼此交谈，声音粗哑，而他们的孩子们，规矩的小女孩佩着碎薄荷留香的手绢，男孩有淘气的黑莓眼睛，讲咆哮猛虎的故事，吓得他们的姊妹哇哇叫。秋风的太息掠过世代相传的杂草地，替残酷的、天鹅绒般的孩子们以及他们阳刚的、蓄着胡子的父亲哀悼：曾经，杂草说，去矣，天空说，死了，树林说，但是，历史的整首挽歌，却留给了三声夜鹰。

如海鸥向水手通报海岸的靠近，松林上方一缕袅袅舒展的烟宣告了克劳德酒店的所在。他们环绕溺水湖的绿色边缘走着，约翰·布朗的骡蹄踩在沼泽的泥泞里发出扑哧扑哧的声响：乔尔朝湖水望去，希望看见克里奥尔人或赌徒；唉，那些狡诈、黏滑的家伙并没露脸。不过岸边倒是靠着一棵佝偻的人形树，青苔从树冠上流泻下来，像稻草人的头发；日落归鸟盘绕着它们栖息的孤岛树叽喳喧响，阴郁的鸣叫炸裂了这荒凉之景，鳗鱼般光滑的水面，只有鲶鱼的气泡吹皱了它：忽的一阵喷涌，就如群鸟尖叫，乔尔听见女孩子们水花四溅的可爱笑声溅出钻石喷泉，那些可爱的竖琴嗓音的女孩子，如今已安静，投入了她们情人的怀抱，那克里奥尔人和那赌徒的怀抱。

酒店在他们跟前拔地而起，如一堆白骨；屋顶上尖尖地耸着一个望夫阁，阁上凭栏的是小福星，他手上一副望远镜正对准小道；当他们走近，他便开始疯狂挥手，乍一看还以为是热烈得过火的欢迎呢，然而他的狂热却不见消退，他们便马上意识到他是在警告他们别走近。他们勒住约翰·布朗，在渐浓的暮色里等着，小福星则通过望夫阁的活板门爬下来，接着重新出现在一条下行的台阶上，台阶一路叮叮当当，跨过领地草坪的荒芜，延伸至水畔。小福星挥动他的山核桃木拐杖，沿湖边挪着罗圈腿蹒跚前行，而乔尔的眼睛耍了个把戏：他把小福星看成了活过来的湖畔老树。

离他们仍有几码远的地方，林隐停下脚来，弯腰倚杖，迷糊地盯着他们望。接着伦道夫报了他的名字，那老人怀疑地眨巴眼睛，爆发出一串活泼的咯咯笑："哎呀，瞧瞧，你们说自己是不是淘气包啊！什么也看不见，在上头我带了个侦察镜，纳闷呢：谁没处去偏要跑这儿来呀？哎呀，瞧瞧，是好事登门！过来，过来，跟我来，当心当心，到处是流沙。"

他们排成一列前进，乔尔牵引着骡子，走在最后，一边踩着伦道夫湿漉漉的脚印，一边心里犯嘀咕，为什么要骗他呢，很显然，小福星并不知道他们会造访。

从酒店大堂盘旋而上的天鹅颈扶梯，因铺有长霉的地毯而变得柔软；杜鹃鸟邪恶的舌头从一座壁钟里吐出来，无声地宣告四十年前的某一时刻，开裂的客房登记员柜台上摆着一盆脱水成标本的棕榈。他们将一个痰盂绑在约翰·布朗的腿上，这样一来，他若是走掉，他们就能听见；然后将他留在大堂里，三人一列先后走进舞厅，一盏坠地的枝形吊灯如珠宝装饰着灰尘，为风雨所撕裂的帷幔成捆地堆在华尔兹波纹起伏的地板上，如行屈膝礼的淑女。经过一架钢琴，上面织满蛛网，如博物馆陈列品上覆盖的轻纱，乔尔按下琴键，希望听见《筷子歌》，传来的却是一阵玻璃质地的、窸窸窣窣的翻飞脚步。

穿过舞厅，在克劳德夫人曾经的私人套房里，有两个陈设简约的宽敞房间，都洁净得令人愉快，小福星就住这里：他毫不掩饰对这居所的自豪，这也为它们的出乎意料之处平添了几分魅力，而当他将门一关，他就令他们周围的废墟不复存在了。火光擦亮了雪利酒红的木材，为一尊天使雕像的翅膀镀了金，林隐则取出一瓶自酿威士忌，摆在光亮中，由着光亮勾勒出它令人欣慰的承诺来。“你上次来已经是老早老早以前喽，伦道夫先生。”他说着，将几把椅子往炉火边上挪，“你还只是个小孩，就像这位可人的小哥。”他在乔尔脸颊上掐了一把，指甲长得几乎要戳破脸皮。“从前老拿着那些个图画书来这儿，我一直指望你还会那样再来呢。”伦道夫把脸偏进自己座椅的影子里：“多么愚蠢，我亲爱的；你难道不知道倘若我小时候来了此地，那么我的绝大部分就再没离开过？我一直是，可以这么说，一个不付账的宾客。至少我这么希望，若想到我把自己留在了其他地方，我将甚感不悦。”乔尔像一条狗，一头瘫倒在炉火前的地板上，林隐递给他一只枕头让他搁脑袋；卧床几个礼拜之后的这么一整天，他都像在涡流里颠簸晃荡，眼下，令人昏昏欲睡的温暖奏着酥到骨头里去的摇篮曲，他便松弛下来，让流泻的火裹挟着自己一道坠落；在双眼半睁半闭间，饮酒人的言语声在远处倾洒：更清晰更真切的是墙壁背后、天花板之上的轻声絮语：应答着小提琴的要求，派对浅口鞋翩翩旋转，孩子们穿梭其中，他们的脚步来来去去串成了一支舞蹈，上下扶梯来来去去的是说笑着的女孩们的鞋跟咔嗒哼唱，滚落的破损串珠，崩碎的珍珠，肥胖父亲们厌倦的鼾声，还有扇子合着调子的轻拍慢摇和戴手套的一双双手的呢喃细语，而此时，身穿新郎官那种奶白蛋糕般制服的乐师们，正站起身来，鞠躬致意。(他凝视着炉火，渴望也能看见他们的脸庞，而火焰闪烁出一个胚胎来；一个布有血管的、摇摆不定的形状，它的五官正缓慢成形，哪怕当它完全成形时，也仍然蒙着炫目的光晕；当他凑近时，眼睛就被灼烧得柏油般滚烫：告诉我，告诉我，你是谁？你是我认识的人吗？你死了吗？你是我朋友吗？你爱我吗？然而，那颗上了色的、没有实体的头颅继续躲在面具背后，不肯问世，令人无从猜测。你是不是我在寻找的人？他问，并不明白自己指的是谁，但认准他的人生里定有那么一个人，正如其他任何人的人生里都有那么一个人：伦道夫有他的年鉴，紫藤小姐靠手电筒搜寻，小福星追想别的声音、别的房间，他们所有的人都在追想，或许从来就不曾知道。而乔尔往后退缩。倘若他认出了火中身影，那么他能找什么来替代它呢？不知道倒是更简单，最好将天堂捧在你手心里，像捧着一只子虚乌有的蝴蝶。）晚安，女士们，做个好梦，女士们，别了，女士们，我们这就要离你们而去了！扇子收拢发出的告辞的叹息，男士靴子粗重的落地，哧哧笑的黑人姑娘踮脚穿梭在巨大蜂巢里的步子，灭了蜡烛、放下遮挡夜色的窗帘：管弦乐队的回音拨弄一座府邸的沉睡。

就在此时，地板上哐啷哐啷发出诡异的拖拽声，乔尔被这闹腾惊得瞪大眼睛，转头望向另两人；他们也听见了。威士忌加聊天令伦道夫脸色通红，他眉头紧蹙，搁下酒杯。“是骡子，”小福星说着，咯咯一声醉笑，“他在那块儿到处溜达呢。”乔尔想起他们绑在约翰·布朗腿上的痰盂：它磕着楼梯哐哐响，似乎从头顶经过，变得远了，又近了。

“他是怎么上去的？”林隐说，此时担心起来，“那不是他该去的地儿：笨蛋要害死自个儿了。”他从炉火里提了一段粗大的引火棍，把它当火把，跌跌撞撞走进舞厅。乔尔壮起胆尾随着他。但伦道夫已经醉得动弹不了了。

火把周围，纯白唱诗班那歌唱着的翅膀疾扑，它们生来就是为了在熊熊烈火的近旁蹦跳、摇摆的：弓着背的灰猎犬在厅堂之间横冲直撞，它们影子般无声的脚践踏着蜘蛛的花圃，蜥蜴在大堂里恐龙般阴森地冒出来；吐着珊瑚红舌的杜鹃鸟，展开翅膀，鹰一般宽大，隼一般凶残，永远定格在三点钟。

他们在楼梯脚下止了步。哪里都不见骡子：泄密的痰盂停止了咣咣响。“约翰·布朗……约翰·布朗……”乔尔的喊声放大了那片死寂：想到每间房里都有某个不眠之物竖起耳朵在听，他不禁瑟瑟发抖。小福星将火把举得更高，将一处俯瞰大堂的露台揽入视野：那里，骡子一动不动站着，铁一般僵硬。“你给我听着，先生，快打那儿下来！”林隐命令道，约翰·布朗则倒退，打起响鼻，蹄子刨着地板；接着，似乎怕得发起疯来，他一个飞腾，一个猛冲，露台的栏杆顿时碎裂。乔尔准备好了迎接冲撞，它却一直没来；当他再一看，骡子被缠绕脖颈的缰绳吊在一根房梁上，在半空中晃着，他灯盏般的大眼睛被火把照亮，被死亡那一张超乎可能的脸——那火中身影——映得金黄。

晨光溢满房间，使蜷缩在角落、裹在一捆被褥里的东西现了形：是小福星，正呼呼大睡。“别吵醒他。”伦道夫轻声道，爬起来，一连撞翻了三只威士忌瓶子。不过没惊动到林隐。他们蹑手蹑脚溜出克劳德酒店时，乔尔闭上眼睛，让伦道夫牵着他走，因为他不想看见骡子：猛地倒抽一口气，那是伦道夫唯一的评语，而他绝口不提这件事，也不问任何问题，仿佛他们从一开始就准备走回庄园。早晨仿佛一块青石板，干干净净，等待叙写任何未来，似乎已经有了一个了断，似乎曾经的一切皆化成一只鸟儿，飞向了那一棵孤岛树：一阵狂喜攫住了乔尔，他奔跑，他拐成“之”字前行，他歌唱，他陷在爱里，他逮住一只小小树蛙因为他爱它，因为他爱它他放生了它，看着它扑通扑通地蹦跳，跳得如他心脏狂烈的悸动；他拥抱自己，生机旺盛又充满喜悦，挥拳击打空气，像只山羊那样用头顶撞，躲到灌木背后，然后跳出来：哇！“瞧，伦道夫，”他说，将青苔缠在头上，“瞧，我是谁？”

不过伦道夫并没和他一起疯。他的嘴巴阴阳怪气地僵着。仿佛走在颠簸的船甲板上似的，他身体往前冲，左晃右晃，布满血丝的红眼睛充当失灵的指南针，因为他似乎不明白要往哪个方向走。

“我是我，”乔尔大声呼喊，“我是乔尔，我们是同样的人。”他环顾四周，寻找可以爬的树：他要一口气爬上树冠，在那里，在去天堂的半途，他要张开双臂，拥有世界。他远远跑在伦道夫前面，手脚并用，噌噌噌上了一株桦树，可攀到当中的枝丫时，他抱紧树干，突然一阵头晕；他从高处扭头往后看，见伦道夫正兜着圈走，他双手前伸，好像在玩瞎子摸人——软绒浅口鞋离开了他的脚，但他却没留意到；他时不时哆嗦一下，像一只淋湿了的动物。乔尔想到了那只蚂蚁。他不是警告过他吗？他不是告诉过他那是危险的吗？又没准只是玉米酿的威士忌在他脑袋里打旋？可伦道夫既不喊也不叫。而喝醉的家伙向来又喊又叫的。太奇怪了。仿佛伦道夫迷了心窍。

接着乔尔就悟出了真相；他看出伦道夫是何等无助：比桑瑟姆先生更无力动弹，比紫藤小姐更像小孩，一旦他独自一人在外，除了描绘一个圈——他虚无的零，他还做得了什么？乔尔滑下树，尽管他还没爬上树冠，但这没关系了，因为他明白自己是谁，他明白自己是坚强的。

他尽最大努力弄清楚了回庄园余下的路。伦道夫一言不发。他摔倒两回，跌坐在地，面色庄严，眼神如婴孩，直到乔尔搀他起来。还有一回，他朝一截老树桩直直撞上去：那之后，乔尔便拽住他的外衣尾巴，引领着他走。

长如大教堂的走廊，负担着从绿叶间漏下的浓郁光亮，一条小径出现了，接着是一个地标：托比，为猫所害。经过底下埋着耶苏·费韦尔、没立碑石的月亮树，他们便从后面拐入庄园，走进花园。

荒唐的一幕出现在眼前：苏蹲在残损的廊柱边，正使劲拽那奴隶钟，似乎想要将它拔出来，而艾米则披头散发，脸上泥痕条条，像原始部落成员迎战前画的彩脸，来回踱步，向苏发出指令。“抬呀，笨蛋，抬呀……嘿，小孩都会！……再来一次。”这时她看见了伦道夫，面容扭曲起来，火气蹿上脸颊，她朝他大叫大嚷：“别以为你挡得了我，因为你挡不了；并非所有东西都是你的；你有多少我就有多少，要是真相大白的话更是如此，而我要想做什么就做什么；你且离我远点，伦道夫，不然我就会治治你。我会去找治安官，我会全国各地走，我会到处演说。你不觉得我会，可我会的，我会的……”

伦道夫并不看她，径直穿过花园，就好像根本不知道她在那里，她于是追着他后面跑，拽住他的袖子，哀求道：“把它让给我吧，伦道夫，求你了。噢，我多听话啊，我全按你的吩咐做了：我说他们走了，我说他们猎松鼠去了一去要好多天；我穿了自己漂亮的灰色连衣裙，伦道夫，又做了就茶的小蛋糕，家里又那么一尘不染，她又真的是喜欢我，伦道夫，她说她喜欢我，她还告诉我新奥尔良有家店铺，我可以把我的枝形灯和这口钟和大厅里的镜子卖给他们：你没在听，伦道夫！”她跟着他进了宅子。

她一走，苏报复性地朝大钟啐了一口，又狠狠踹了它一脚，它便彻底翻了过来，发出一声浑厚的鸣响。“没人会为那破铜烂铁付钞票。告诉艾米小姐这馊主意的人，她根本没脑筋。”

乔尔敲筒鼓似的敲了敲大钟。“是谁告诉她的？”

“是……我不知道是谁。”苏人站着一动不动，却好像走远了似的；她再开口时，声音似乎低了，远了：“是从新奥尔良来的某个女士……带了个丑孩子，她耳朵里戴了个机器：是个小聋子。我不知道。她们走掉了。”

“我表姐露易丝，她就是聋子。”乔尔说道，想起来自己曾经是怎么藏起她的助听器的，自己曾经对她有多么刻薄：他把那孩子惹哭了多少回！若每惹哭她一回就能得一美分的话，他肯定已经挣了好多钱了。不过下次再见到她的话，唉，他一定会好好待她；他会很大声跟她说话，让她能听清每一个字，他还要和她一起玩纸牌游戏。不过，惹她生气还是很好玩的。就一回。可埃伦从没回过他的信。去她的。他不再放在心上了。还是他的血亲呢。而且她还左一个许诺右一个许诺的呢。而且她还说过她爱他呢。可她忘记了。没关系，他也一样，当然，你会忘掉，懂吗，谁稀罕？而且她还说过她爱他呢。“苏……”他说，抬眼正逮见她从崖柏树篱间撤退，树篱颤了颤，又站定了。

一个声音，仿佛大钟突然撞响；还有孤独的形状，绿得斑斓，亮得飘忽，仿佛从花园里升腾而起，乔尔仰起头来，仿佛在追一只风筝：云正浮游而来，遮住了太阳。他等待着它们飘走，心想等它们离去后，等他回头再看时，某些奇迹已经发生了：也许他会发现自己坐在圣德瓦尔街的路边，或者在尼莫戏院外仔细研究下礼拜的有趣节目——为什么不呢？那是可能的，因为无论在何方，都是同样的天空，只是天空之下的事物不同而已。云比钟的指针走得慢，而就在他这么等着的时候，云变成雷电的乌黑，变成约翰·布朗、戴巴拿马帽的讨厌小子、克劳德酒店、艾达蓓尔的老猎犬，等它们飘离而去时，桑瑟姆先生便是那太阳。他朝下看。没有奇迹发生，但某些事情的确发生了，或者即将发生。他坐下来，焦虑使他麻木。他跟前竖着一根玫瑰茎，其影如日晷：它描摹了一个小时，又一个小时，黑暗的线溶解了，整座花园开始交融，移动。

就好像他一直在头脑里数着数，现在到了一个数字，凭某些直觉做了决定，想：就是现在。因为，他倏地站了起来，抬眼平视庄园的窗户。

他的思绪是绝对清晰的。他就像一架相机，等待它的目标进入焦点。墙壁在十月太阳那一丝不苟的西下中变黄，窗户是泛起涟漪的镜子，荡漾着清冷的季节性色彩。一扇窗户背后，有人正凝视着他。他浑身木然，除了眼睛。它们是明白的。而那是伦道夫的窗户。渐渐地，炫目的夕阳从窗上褪去，变得幽暗，仿佛那里下起了雪，雪片形成雪的眼睛、毛发：一张脸如一只美丽的白色蛾子般颤抖，笑了。她向他示意，闪亮的，银白的，而他明白他必须去：无所畏惧，毫不犹疑，他只是在花园边沿稍微一停，就像忘了带什么东西那样，他站住并回头看了一眼那芳华尽去、沉沉落下的蓝，看了一眼被他留在身后的那个少年。

图书在版编目（CIP）数据

别的声音，别的房间 /（美）杜鲁门·卡波特著；卢肖慧译. -- 北京：北京十月文艺出版社，2022.1

书名原文：Other Voices, Other Rooms

ISBN 978-7-5302-2112-9

Ⅰ. ①别… Ⅱ. ①杜… ②卢… Ⅲ. ①长篇小说－美国－现代 Ⅳ. ①I712.45

中国版本图书馆 CIP 数据核字（2021）第 005730 号

著作权合同登记号 图字：01-2021-6064

别的声音，别的房间
BIEDE SHENGYIN, BIEDE FANGJIAN
[美] 杜鲁门·卡波特 著
卢肖慧 译

出　　版　北京出版集团
　　　　　北京十月文艺出版社
地　　址　北京北三环中路 6 号
邮　　编　100120
网　　址　www.bph.com.cn
发　　行　新经典发行有限公司
　　　　　电话 (010)68423599
经　　销　新华书店
印　　刷　北京盛通印刷股份有限公司
版　　次　2022 年 1 月第 1 版
　　　　　2022 年 1 月第 1 次印刷
开　　本　850 毫米 ×1092 毫米　1/32
印　　张　8.75
字　　数　125 千字
书　　号　ISBN 978-7-5302-2112-9
定　　价　59.00 元
质量监督电话　010-58572393
如有印装质量问题，由本社负责调换